ISEGRIM

Bettina Auer

die letzte Fee

Märchennovelle

ISEGRIM

in der Spielberg Verlag GmbH, Regensburg
Titelabbildungen: © shutterstock.com
Covergestaltung: Ronja Schießl
Herstellung: BoD - Books on Demand, Norderstedt

Printed in Germany

ISBN: 978-3-95452-951-3

www.isegrim-buecher.de

Prolog

Vor vielen, vielen Jahren herrschte ein König über das Land. Er war gütig und weise, doch hatte er einen Makel an sich: Er hasste die magischen Fabelwesen, allen voran die Feen. In der Nähe seines Schlosses spross der Feenwald, ein Ort voller Magie und Geheimnisse.

Aus diesem Wald stammte Luisa. Sie war eine Fee, eine sehr mächtige sogar. Sie war die Hüterin des Waldes. Luisa konnte ihre Gestalt verwandeln und so kam es, dass sie sich in ihrer menschlichen Hülle in die Stadt begab, um an einem großen Fest teilzunehmen.

Dort traf sie den König, der sich als einfacher Bürger unter das Volk gemischt hatte. Die beiden verliebten sich unsterblich ineinander und er offenbarte ihr, wer er wirklich war.

Sie jedoch behielt ihr wahres Wesen für sich, ein Fehler, wie sich Jahre später herausstellen sollte. Schon bald läuteten die Hochzeitsglocken und wenige Monate später brachte die Königin eine Tochter zur Welt - ihr Name war Melina und sie wuchs zu einem glücklichen und sorgenlosen Kind heran.

Doch das Glück währte nicht lange.

Immer öfter verließ Luisa des Nachts das Schloss, denn sie hatte viele Hilferufe ihrer Freunde aus dem Feenwald erhalten. Der Wald starb mit jedem Tag, an dem sie nicht anwesend war.

Als der König bemerkte, dass seine Frau das Schloss ohne seine Erlaubnis verließ, verfolgte er sie. Was er sah, ließ die Liebe, die er für sie empfand, in tausend Stücke zerbrechen.

Luisa stand inmitten des Zauberwaldes und aus ihren Händen drang ein glühendes Licht, das den sterbenden Blumen neue Kraft schenkte. Blind vor Wut, all die Jahre zum Narren gehalten worden zu sein, tötete er Luisa und ließ den Wald bis auf den letzten Winkel von seinen Soldaten durchkämmen. Doch viele der magischen Wesen versteckten sich rechtzeitig und überlebten den Angriff.

Der König kehrte zum Schloss zurück. Zornig wie er war, suchte er seine Tochter um sie ebenfalls zu töten.

Doch die Amme Melinas, die ebenfalls eine Fee war, spürte die drohende Gefahr. Sie packte das Mädchen und floh mit ihr aus der Stadt.

Weit, weit weg von diesem schrecklichen Ort und der Macht des rachsüchtigen Königs, lebt die junge Prinzessin noch heute in Ruhe und Frieden. Nicht ahnend, welche Macht in ihr schlummert.

Nur noch schwach flackerte die Flamme der Kerze auf dem Nachttisch. Schon bald würde sie erlöschen, sie war fast bis auf den Docht hinuntergebrannt.

»Und wie ging es weiter?«, fragte das kleine Mädchen und sah die Frau, die neben ihr auf dem Bett saß, aus dunkelgrünen Augen fasziniert an.

Das Mädchen hatte die Arme um die Knie geschlungen und den Kopf daraufgelegt.

Die Frau lachte leise. »Ich weiß es nicht, Emilia.«

»Und wieso?«, Emilia runzelte die Stirn und sah sie vorwurfsvoll an, wie ein Kind es eben tat, wenn es sich darüber ärgerte, dass die Erwachsenen nicht alle Fragen beantworten konnten.

»Das kann ich dir leider nicht erklären, Emilia. Aber vielleicht erfährst du es eines Tages, wenn du alt genug bist.«

»Ich bin acht Jahre alt, also alt genug!«, bockte das Mädchen und der Frau schlich sich ein Lächeln auf das Gesicht. Die Ältere stand auf und drückte ihr einen Kuss auf die Stirn.

»Schlaf gut, Emilia. Mögen deine Träume von den Feen begleitet werden.«

»Es gibt doch gar keine Feen!«, protestierte Emilia erneut und die Frau strich ihr liebevoll über den Kopf.

»Wenn du ganz fest daran glaubst, dann doch.« Mit diesen Worten verließ sie das kleine Zimmer und schloss langsam die Tür. Emilia drehte sich auf die linke Seite und blickte durch das Fenster hinaus in die sternenklare Nacht.

»Quatsch. Feen ... die gibt es doch nur in Geschichten«, murmelte sie müde und gähnte. Sie schloss langsam die Augen, und als sie tief eingeschlafen war, erlosch die Kerze.

1. Kapitel

»Lady Emilia!«

Die Stimme hallte kreischend durch den ganzen Garten und Emilia biss sich auf die Unterlippe. Sie saß in ihrem Baumhaus, ganz oben im Kirschbaum und wagte es nicht, ein Geräusch von sich zu geben.

Durch ein kleines Fenster sah sie Madame Bernadette, die wildzeternd durch den Garten rannte und nach ihr suchte.

»Lady Emilia! Kommt sofort heraus! Ihr benehmt Euch sehr albern!«

Die junge Frau unterdrückte ein Kichern.

»Jacob!«, hörte sie plötzlich die Anstandsdame rufen, »Weißt du, wo Lady Emilia ist? Ihr zwei seid doch ständig zusammen!«

»Nein, Madame. Mir ist sie heute noch nicht begegnet. Außerdem muss ich weiter, der Stallknecht braucht mich. Guten Tag, Madame.« Emilia hörte, wie sich Schritte entfernten, dann war es für einen Moment still.

Sie bemerkte, wie jemand die Leiter zum Baumhaus hochkletterte und ihr Herz schlug einige Takte höher, als sie Jacobs Haarschopf erkannte.

Er lächelte als er sie sah und das trieb ihr die Röte

in die Wangen. Schnell senkte sie den Blick auf die Spitzen ihrer braunen Stiefel, die sie unter einem langen, hellgelben Kleid trug.

»Na«, begrüßte Jacob sie und zwinkerte ihr zu. Er musste auf allen Vieren zu ihr kriechen, sonst hätte er sich den Kopf an der niedrigen Decke gestoßen. Emilia hob leicht den Blick und betrachtete Jacob, der sich neben sie setzte.

Jacob war siebzehn Jahre alt, genau wie sie. Gut, sie war *fast* siebzehn Jahre alt, aber den einen fehlenden Tag zählte sie nicht mehr.

Er hatte kurze dunkelblonde Haare und intensiv blaue Augen, die sie an Saphire erinnerten. Jacob war hübsch, wohl der schönste Mann, den Emilia kannte und sie kannte eine Menge. Immerhin wurden ihr fast wöchentlich irgendwelche Grafen- oder Fürstensöhne vorgestellt, die sie heiraten wollten.

Nein, keiner von ihnen kam an Jacob heran. Sein Lachen war ansteckend und sie liebte die kleinen Grübchen, die sich dann um seine Mundwinkel zeigten. Außerdem war er groß und hatte eine ansehnliche Statur. Emilia wusste aus heimlichen Beobachtungen am See, dass unter dem schlichten weißen Leinenhemd ein muskulöser Körper steckte, der jeder Frau das Herz zerfließen ließ. Zudem liebte sie seine Art, wie er das Leben betrachtete. So locker, so heiter. Etwas, das Emilia nicht konnte. Obwohl sein Leben im Gegensatz zu ihrem, nicht so rosig war. Als Waisenkind war er von der Köchin aufgezogen worden, eine Frau, der man lieber nicht widersprach, wenn sie die Stimme erhob und die mit ihrem Kochlöffel als Waffe, im ganzen Gut gefürchtet war. Aber sie liebte Jacob, auf ihre eigene Art.

»Gefall ich dir etwa so sehr, dass du kaum den Blick von mir abwenden kannst?«, fragte er neckend und Emilia fühlte sich ertappt. Sie vergrub den Kopf in ihrem Schoß und wünschte sich in diesem Moment doch lieber in die Gesellschaft von Madame Bernadette, als in die von Jacob. Obwohl er einen schöneren Anblick abgab, als die strenge, stets missgelaunte Madame.

Emilia spürte, wie eine raue Hand nach ihrer griff und sie sanft umschloss. Sie hob den Kopf und sah Jacob an. Er lächelte liebevoll.

»Ich habe etwas für dich«, säuselte er und eine Gänsehaut kroch über ihren Körper. Sie nickte schwach und wartete, bis Jacob etwas aus seiner Hosentasche hervorholte.

»Augen zu«, verlangte er und sie tat wie geheißen. Sie spürte, wie er ihr langes, dunkles Haar zurückstrich und ihren Hals mit den Fingerspitzen streichelte. Emilia erschauderte. Etwas Kühles legte sich auf ihr Dekolleté und er strich wie zufällig darüber und entlockte ihr ein tiefes Seufzen.

»Augen auf«, flüsterte er und erst jetzt bemerkte

Emilia, dass er ganz nah neben ihr saß und sein Atem ihre Haut kitzelte. Emilia öffnete die Augen und betrachtete die Kette, die um ihren Hals hing. Sie war aus Silber und der Anhänger war geformt wie ein Blatt, in dessen Inneren ein heller Bernstein funkelte.

»Jacob ...«, brachte sie nur hervor, nicht zu mehr Worten fähig. Er hingegen lächelte und zwinkerte ihr kurz zu.

»Da du morgen wohl kaum Zeit für mich haben wirst, dachte ich, ich gebe dir dein Geschenk jetzt.«

»Jacob, aber ... du brauchst mir doch nichts zu schenken!«, beharrte sie, doch es war ein schwacher Protest, als er sich zu ihr hinabbeugte. Emilias Herz schlug schneller und sie hatte das Gefühl, als würde es gleich aus ihrer Brust springen, als Jacobs Lippen die ihren berührten.

Emilia schloss die Augen und genoss das Gefühl, das sich in ihr ausbreitete. Tausende von Schmetterlingen flatterten in ihrem Bauch und wollten sich gar nicht mehr beruhigen, als Jacob sie fest an sich presste.

»Madame Bernadette würde durchdrehen, könnte sie uns so sehen«, flüsterte Emilia und kicherte, als sie sich die Schimpftirade vorstellte, die Madame Bernadette von sich geben würde.

»*Unzüchtiges Verhalten* wäre bestimmt nur eines der Worte«, erwiderte Jacob und grinste frech. Emilia zog ein Gesicht, wie es Bernadette immer tat, schob ihre imaginäre Brille nach oben und fuchtelte mit dem Zeigefinger: »Ein Küchenjunge ist nicht Eures Standes würdig, Lady Emilia! Ihr solltet Euch besser jemanden Euresgleichen suchen.«

Er rieb seine Nasenspitze an ihre.

»Madame muss ja nicht alles wissen«, flüsterte er verschwörerisch und Emilia küsste ihn als Antwort auf die Lippen.

»Ich liebe dich, Jacob«, erwiderte sie und lachte, als er sie erneut küsste und sie die ganze Welt um sich herum vergaß.

*

»Emilia?«

Sie zuckte zusammen und blieb an Ort und Stelle stehen. Nur ein dünner Lichtstreif fiel durch das Arbeitszimmer ihrer Tante, hinaus auf den dunklen Gang. Sie hatte die Zeit mit Jacob genossen und die Stunden waren vergangen wie im Flug. Ihr Herz schlug immer noch Purzelbäume, wenn sie daran dachte.

»Ja, Tante Veronica?«, antwortete sie zaghaft und öffnete langsam die Tür. Veronica saß an ihrem Schreibtisch, tief über ein Stück Pergament gebeugt, einen Federkiel in der Hand. Ihr kurzes, dunkelblondes Haar ergraute an einigen Stellen schon und ihre dunkelgrünen Augen, die Emilia an einen dichtbesiedelten Wald erinnerten, waren fest auf die schon geschriebenen Worte geheftet.

Ihre Tante hob den Kopf und sah Emilia an.

»Wo warst du die ganze Zeit? Madame Bernadette hat dich den halben Nachmittag gesucht«, tadelte sie die junge Frau und Emilia biss sich schuldbewusst auf die Unterlippe und senkte den Blick.

»Ich war Ausreiten, Tante«, log sie und Veronica legte den Federkiel zur Seite.

»Emilia, lüg mich bitte nicht an. Hermes war den ganzen Tag im Stall, das weiß ich zufällig von James, unserem Stallknecht. Außerdem hat er mir gesagt, dass *der Bengel*, schon wieder unauffindbar sei, genau wie du. Also Emilia, ich höre.«

Emilia fühlte sich ertappt und wagte es kaum, den Kopf zu heben. Ein schuldiger Ausdruck trat in ihre Augen, die die gleiche Farbe hatten, wie Veronicas. Das allein war ihrer Tante Antwort genug.

»Emilia«, seufzte sie tief und schüttelte den Kopf. Dann stand sie von ihrem Schreibtisch auf und ging auf ihre Nichte zu. Sie legte ihr beide Hände auf die Schultern und blickte sie liebevoll an.

»Es tut mir leid, Tante Veronica. Aber Jacob wollte mich unbedingt sehen und ... es tut mir leid«, stammelte sie und schluckte schwer.

»Emilia, ich kann mir vorstellen, was du für Jacob empfindest, aber auf die Dauer kann ich nicht mehr darüber hinwegsehen, verstehst du? Irgendwann müsst ihr beiden damit aufhören, dass ihr euch trefft. Emilia, du wirst morgen siebzehn Jahre alt. Fast täglich bekomme ich Briefe von Vätern, die dich gerne an der Seite ihrer Söhne sehen würden. Der Zeitpunkt wird bald kommen, da ich das nicht mehr ignorieren kann.«

»Aber ich liebe Jacob und er mich auch! Ich möchte keinen anderen außer ihm!« Emilias Stimme wurde ungewohnt hoch und Tränen traten in ihre Augen.

»Ich weiß Emilia, aber denk an deine Zukunft. Du willst sie doch nicht mit einem einfachen Küchenjungen zerstören, oder? Du bist eine Adelige und er ist ein Niemand. Ich will doch nur das Beste für dich.«

»Adelig, ja?! Dann sag mir doch verdammt nochmal, wer meine Eltern sind, Tante Veronica! Seit ich denken kann, lebe ich hier mit dir auf dem Gut und nie hast du mir auch nur eine Frage über meine Herkunft beantwortet! Ich will, dass du ehrlich zu mir bist!«, schrie Emilia und Veronica ließ sie los.

Sie drehte ihr den Rücken zu und blickte durch das Fenster hinaus in die schwarze Nacht. Emilia hatte die Hände zu Fäusten geballt.

»Ich unterbreite dir einen Vorschlag: Du wirst mir all meine Fragen beantworten und dafür werde ich einen deiner Kandidaten heiraten!«

Veronicas Schultern versteiften sich, sie drehte sich nicht zu Emilia um, als sie kaum merklich nickte.

»Gut, in Ordnung.«

Emilia seufzte innerlich erleichtert auf, doch Gewissensbisse nagten an ihr. War es wirklich so einfach, ihr auf diese Weise alle Antworten zu entlocken? Und war sie sich wirklich sicher, dass sie einfach so jemand Fremden heiraten konnte? Schnell verdrängte sie den Gedanken. Sie würde aus dem Schlamassel schon irgendwie herauskommen, außerdem wollte Emilia die Wahrheit wissen.

»Wer sind meine Eltern, Tante Veronica?«

»Setz dich bitte, Emilia.«

Emilia gehorchte und nahm auf dem alten roten Sofa Platz, das vor einem Regal mit Gedichtbänden stand. Veronica starrte lange aus dem Fenster, dann begann sie: »Kannst du dich noch an die Geschichte erinnern, die ich dir als Kind gerne erzählt habe? Die von der Feenkönigin?«

Emilia runzelte die Stirn. Was hatte das jetzt damit zu tun?

»Ja. Aber ... warum?«, fragte sie sichtlich verwirrt. Veronica presste ihre Lippen zu einem harten Strich zusammen.

»Diese Geschichte hat mit dir zu tun, sehr viel sogar. Du bist ... du bist Prinzessin Melina.«

Emilia fühlte sich, als würde sie in ein tiefes, schwarzes Loch ohne Boden fallen.

»Das ist ein schlechter Scherz!«, warf die junge Frau ein und wurde zornig.

»Nein, es ist die Wahrheit. Du bist Prinzessin Melina, eine Halbfee; die letzte Hüterin des Feenwaldes.«

Emilia wusste in diesem Moment nicht, ob sie lachen oder weinen sollte. Es war irrwitzig. Sie sollte die Prinzessin aus der Geschichte sein, die sie als Kind so geliebt hatte?

»Meine Mutter war also diese Luisa, die Hüterin der Feen, richtig? Und mein Vater war der König, der sie töten ließ und mich auch ...«, sie brachte den Satz nicht zu Ende. Ihr Blick schweifte in die Ferne ab. Eine kalte Hand ergriff ihr Herz und drückte es erbarmungslos zusammen. Emilia konnte kaum atmen.

»König Albert ist dein Vater, ja.« Es war das erste Mal, dass Emilia den Namen ihres Vaters hörte. Albert ...

»Du bist nicht meine richtige Tante«, stellte sie nüchtern fest.

»Nein. Ich war eine gute Freundin deiner Mutter, die mich nach deiner Geburt ins Schloss geholt hat. Sie hat dich mir anvertraut. Ich sollte dich vor allen Gefahren beschützen und dich auf deinem Lebensweg begleiten«, erwiderte Veronica und drehte sich zu Emilia um. Ihre Augen schimmerten leicht feucht.

»Aber du bist für mich wie eine Tochter, Emilia«, fügte sie traurig hinzu.

»Wieso hast du mir einen anderen Namen gegeben?«, hakte Emilia nach. In ihr brodelte es.

»Dein Vater sucht dich. Es war das Einfachste, deinen Namen zu ändern. Außerdem hat mir Emilia schon immer gut gefallen und deine Mutter hätte sicherlich nichts dagegen gehabt.«

Die junge Frau nickte schwach.

»Was ... Wie soll es nun weitergehen?«, fragte sie erschöpft. In ihrem Kopf überschlug sich alles. Veronica setzte sich neben sie auf das Sofa und legte ihr die rechte Hand auf ihre zusammengepressten Hände. Emilia ließ sie gewähren und die Wärme beruhigte sie.

»An deinem siebzehnten Geburtstag entfalten sich deine Kräfte. Von da an kann jedes andere magische Wesen und jeder Magiebegabte deine Aura spüren. Es ist wichtig, dass du deine Fähigkeiten so gut es geht unterdrückst, wenn du unter Menschen bist. Sobald du nur ein wenig von deiner Magie freilässt, werden sie darauf aufmerksam. Versprich mir, deine Magie niemals Herr über dich werden zu lassen. Es ist gefährlich.«

Emilia dröhnte der Kopf und sie massierte sich die Schläfen.

»Das ist mir alles ein wenig zu viel«, stöhnte sie und Veronica tätschelte ihre Hand.

»Das kann ich verstehen. Geh ins Bett Emilia. Morgen ist ein neuer Tag und wir werden bald darüber sprechen. Aber genieße zuerst deinen Geburtstag!« Die Ältere drückte sie fest an sich und Emilia erwiderte die Geste.

»Danke, Tante Veronica. Auch, wenn wir nicht dasselbe Blut teilen, wirst du immer meine Tante sein.«

Die beiden Frauen lösten sich voneinander und Emilia stand auf. Sie schritt zur Tür, verharrte aber kurz.

»Tante Veronica?«

»Ja?«, ertönte die ruhige Stimme der Frau.

»Mein ... Vater. Will er mich immer noch töten?«, fragte Emilia leise. Veronica schwieg. Das war ihr Antwort genug und sie machte sich auf in ihr Zimmer, um zu schlafen.

2. Kapitel

Es war still. Emilia starrte an die holzvertäfelte Decke und ließ den Tag Revue passieren. Es war ein schöner Geburtstag gewesen. Viele Gäste waren gekommen, um mit ihr zu feiern, auch einige junge Männer, die für eine Heirat in Frage kamen. Sie hatte sich mit jedem unterhalten und sich redlich Mühe gegeben, ihre Abscheu gegenüber einer Vernunftehe nicht in ihre Mimik zu übernehmen.

Den ganzen Tag hatte sie an Jacob gedacht und daran, was Tante Veronica ihr offenbart hatte.

Ich bin eine Halbfee und die letzte Hüterin, schoss es ihr durch den Kopf und sie schluckte schwer. Emilia besah sich ihre Hände. Sie hatte erwartet, dass sie anders wäre, wenn sie am Morgen erwachen würde. Irgendwie verändert. Aber sie fühlte sich genau, wie immer, nur mit dem Unterschied, dass das Geheimnis ihrer Herkunft endlich gelüftet worden war.

Emilia seufzte tief und blickte traurig drein. Sie konnte immer noch nicht glauben, dass das alles die Wahrheit war. Dass dieses *Märchen* gar keines gewesen war.

Plötzlich hörte sie lautes Stimmengewirr auf dem Hof und das Trampeln von Pferdehufen. Sie stand auf. Die letzten Gäste waren vor drei Stunden gegangen, was war dort draußen nur los? Sie schlüpfte in einen leichten Morgenmantel und band ihn vorne fest zu, dann verließ sie ihr Zimmer. Sie eilte zu einem Nebenausgang, der in die Stallungen führte und nur von Dienern benutzt wurde; hin und wieder jedoch hatten Jacob und sie diesen Weg genutzt, um ungestört sein zu können.

Emilia betrat die Stallungen. Sofort schlugen ihr die Wärme und der Geruch der Pferde entgegen. Sie schenkte ihrem Hengst Hermes einen kurzen Blick, der freudig schnaubte, als er sie sah. Sie tätschelte seine Nüstern und deutete ihm, leise zu sein. Dann schlich sie zum offenen Eingang des Stalls und spähte um die Ecke.

Was sie sah, raubte ihr den Atem.

Im Hof standen fünf Reiter. Ihre schwarzen Pferde wirkten unruhig und tänzelten hin und her. Sie alle trugen tiefschwarze Rüstungen, auf denen ein Wappen eingebrannt worden war, das Emilia aus der Weite nicht erkennen konnte. Einer der fünf Reiter löste sich aus der Gruppe und ritt auf Veronica zu, die vor den Männern stand und sie unbeeindruckt ansah.

»Was wollt Ihr, Mephisto?«, fragte sie den Reiter, der vor ihr stand und der Anführer der Gruppe zu sein schien. Er nahm den Helm ab und entblößte ein Gesicht, das von Narben entstellt war. Seine rechte Kopfhälfte war verbrannt und Emilia konnte dort keine Haare erkennen. Die andere Seite, die unversehrt schien, hatte er sich zu einer Glatze rasiert.

»Schön habt Ihr es hier, Madame. Lange genug habt Ihr Euch vor uns versteckt«, sprach der Mann und Emilia hatte kein gutes Gefühl dabei, als sie seine Stimme hörte. Sie war voller Hass.

»Ich weiß nicht, was Ihr meint, Mephisto«, erwiderte Veronica empört. Mephisto lachte. Es war ein Laut, der Emilia die Haare zu Berge stehen ließ.

»Meine liebe Veronica, Ihr könnt mich nicht belügen. Mein magischer Freund spürt sie. Sie ist hier. Bringt mir das Mädchen«, forderte er sie harsch auf.

»Ich werde Euch gar nichts bringen!«, zischte sie ihn an und Emilia war erstaunt. So kannte sie ihre Tante gar nicht. Veronica machte einen Schritt auf die Männer zu.

»Ihr werdet wieder dahin zurückreiten, wo Ihr hergekommen seid! Hier gibt es nichts, was den König interessieren könnte.«

Der Hüne wollte widersprechen, doch dann trat Madame Bernadette hervor. Wie eine Furie steuerte sie auf die Männer zu.

»Ihr habt gehört, was sie gesagt hat, verschwindet!«

Die Männer sahen sich belustigt an. Der Anführer nickte dem Mann links hinter ihm zu und der verstand. Er stieg von seinem Pferd und zog sein Schwert. Zielsicher ging er auf Bernadette zu, die ihn zornig anfunkelte. Der Soldat legte leicht den Kopf schief, dann packte er den Griff seines Schwertes fester und stieß es der Frau in die Brust, dort, wo ihr Herz war.

Emilia unterdrückte den Schrei, der sich in ihrer Kehle nach oben bahnen wollte. Sie zitterte und sank zu Boden, als sie sah, wie der Mann sein Schwert aus Bernadettes Körper zog und sie mit der Fußsohle umwarf, so dass sie mit dem Rücken auf dem staubigen Boden aufschlug. Ihre Augen waren weit aufgerissen und Blut sickerte unaufhörlich aus der tödlichen Wunde.

»Lästig«, kommentierte Mephisto, dann wandte er sich wieder ganz an Veronica.

»Also, das Mädchen, bitte. Wenn Ihr nicht wollt, dass Euch das gleiche Schicksal ereilt, werdet Ihr mir Prinzessin Melina bringen.«

Emilias Herz setzte aus. Sie starrte ihre Tante an, die dastand wie ein Fels in der Brandung. Ihr Gesicht war ausdruckslos, nichts verriet, was sie dachte.

»Ich habe keine Angst vor Euch, Mephisto. Genauso wenig, wie ich Angst vor dem König habe. Verschwindet, wenn Ihr wollt, dass Ihr den nächsten Tag noch erlebt.«

Der Anführer stieg nun ebenfalls von seinem Pferd und zog sein Schwert aus der Scheide. Er hielt die Spitze der silberschimmernden Waffe direkt unter Veronicas Hals.

»Madame Veronica, ich habe Euch immer geschätzt, doch meine Geduld ist langsam am Ende. Gebt mir, was ich verlange und Euch wird nichts geschehen. Ihr habt mein Wort.«

Die Frau kräuselte verächtlich die Lippen, dann spuckte sie Mephisto ins Gesicht.

»Ich verabscheue Euch, Hund des Königs.«

Emilia war nicht imstande zu denken, als sich die nächste Szene vor ihren Augen abspielte.

Mephisto senkte sein Schwert, drehte sich um, um dann auszuholen und die Waffe mit voller Wucht durch ihren Unterleib zu stoßen.

»Veronica!«, schrie sie, nicht mehr an sich haltend. Sie wollte hinauslaufen zu ihrer Tante und diesen grauenhaften Anblick rückgängig machen, doch jemand hinderte sie daran. Eine warme Hand legte sich über ihren Mund und drückte sie an sich.

»Sei leise.«

Es war Jacobs ruhige Stimme, die zu ihr sprach. Emilia brach in Tränen aus, die unaufhörlich ihre Wangen hinabliefen.

»Ruhig«, flüsterte er und sie spürte, wie schnell sein Herz vor Angst schlug. Aus der Ferne hörte sie, wie der Mann den Befehl gab, das Haus zu durchsuchen.

»Du musst verschwinden«, sprach Jacob nun, als

sie sich ein wenig beruhigt hatte. Emilia sah ihn verstört an, als er sich von ihr löste.

»Was?«, hauchte sie nur. Doch Jacob achtete nicht weiter auf sie, während er Satteldecke und Sattel holte und Hermes auf den Rücken legte.

»Komm«, er nahm Hermes an den Zügeln, nachdem er das Halfter angelegt hatte, und führte sie hinauf in den Hof.

»Veronica!«, flüsterte Emilia bestürzt und stürmte auf ihre Tante zu, während die grausamen Schreie aus dem Haus ihr erneut einen Schauer über den Rücken jagten. Ihre Tante stöhnte vor Schmerzen. Ihre Hände sowie ihr Kleid waren voller Blut.

»Veronica«, schluchzte sie.

»Emilia ...« Ihr Gesicht war schmerzverzerrt. »Du musst zurückkehren, Emilia. Zurück in den ... Feenwald. Versprich es mir!«, brach es aus Veronica hervor und Emilia nickte heftig.

»Ja, ich verspreche es.«

Veronica streckte mit letzter Kraft ihre Hand nach Emilia aus.

»Ich liebe dich Emilia. Du bist für mich die Tochter, die ich niemals haben durfte.«

Emilia schossen die Tränen in die Augen.

»Ich liebe dich auch, Tante Veronica.«

Dann atmete sie das letzte Mal aus und ihre Hand rutschte kraftlos zu Boden.

Jacob kniete sich zu seiner Geliebten.

»Emilia, komm«, sagte er und nahm ihre blutverschmierte Hand in seine. Sie ließ sich mitschleifen und von ihm auf das Pferd setzen.

»Emilia.« Er strich ihr über die tränennasse Wange. »Reite so weit weg, wie du kannst. Ich werde versuchen nachzukommen, wenn es vorbei ist«, sprach er, doch Emilia starrte nur apathisch vor sich hin. Ihre ganze Welt war mit einem Mal zerbrochen.

»Emilia!«

Jetzt sah sie Jacob an, der nun drängender sprach. In seinen Augen erkannte sie pure Angst.

»Ich liebe dich Emilia und ich werde dich finden, versprochen. Reite zum Feenwald, ich werde nachkommen.«

Er drückte ihr einen letzten Kuss auf die kalten Lippen, dann gab er Hermes einen Klaps auf den Hintern und das Pferd galoppierte davon. Sie drehte sich ein letztes Mal um. Sie bemerkte, wie Mephisto aus dem Haus stürmte und sie wegreiten sah.

Zwei seiner Männer packten Jacob und rissen ihn zu Boden. Dann wurde alles schwarz vor ihren Augen.

3. Kapitel

»Du räudiger Bastard!«

Killian duckte sich unter dem Schlag hindurch und rammte seinem Gegner dabei die Spitze seines rechten Ellenbogens in den Magen. Der Mann stöhnte auf und fluchte.

»Wenn ich dich erwische!«, hörte Killian noch hinter sich, doch er war schon um die nächste Ecke gebogen. Einige Minuten hielt er sein Tempo, aber als er in die Nähe des Marktplatzes kam, drosselte er es und tat so, als würde er durch die Nacht schlendern.

Killian verschränkte die Hände hinter dem Rücken und betrat den großen Platz. Die Häuser dort waren kreisförmig um den Marktplatz errichtet worden. Hier lebten die wichtigsten Bürger der Stadt, die für Handel und Wirtschaft verantwortlich waren. Der Schmied, der Schuster, der Bürgermeister, der Medikus und natürlich, der wichtigste Mann einer Stadt: der Gastwirt mit seinem Etablissement.

Killian steuerte auf das Gasthaus zu. Ein buntbemaltes Schild, auf dem ein gefüllter Bierkrug und eine gebratene Hähnchenkeule abgebildet waren, zeigte den Reisenden, dass es hier gutes Essen gab.

Gerade als er die Stufen zur Tür hinaufsteigen wollte, hielt er inne. Er hatte etwas gehört. Es klang wie das Schnauben eines Pferdes. Killian drehte sich um und aus einer Nebengasse sah er einen weißen Pferdekopf herausblicken. Obwohl es dunkel war, hatte der Dieb den Eindruck, dass das Pferd ihn direkt anstarrte. Er bekam ein mulmiges Gefühl im Bauch.

»Hey, ist da wer?«, rief er, doch niemand antwortete ihm.

Das Tier fixierte ihn weiterhin, schnaubte dann, drehte sich um und verschwand in der Gasse. Killian trommelte mit den Fingern auf das Treppengeländer. Was sollte er tun? Einerseits wollte er in das Gasthaus, sich aufwärmen und etwas essen, aber auf der anderen Seite wollte er nur zu gerne wissen, was das Pferd in dieser Gasse machte. Ein herrenloses Ross konnte nichts Gutes bedeuten.

Killian fluchte. Er kehrte auf dem Absatz um und lief in die Gasse, in der er das Tier gesehen hatte. Es war stockdunkel, doch an dem beißenden Geruch, der ihm in die Nase stieg, konnte er erkennen, dass der Hinterhof des Gerbers wohl nicht weit weg lag. Der Dieb brauchte hier nicht zu schleichen oder leise zu sein, kaum jemand würde ihn zu dieser Stunde noch bemerken.

Die Gasse war nicht sonderlich lang, weswegen Killian den Schimmel schon bald entdeckte. Es stand mit dem Rücken zu ihm und sein Schweif baumelte wild hin und her.

»Na mein Freund?«, sagte Killian leise zu dem Ross. Das Pferd warf die Mähne zurück und schnaubte. Killian stellte sich neben das Tier und klopfte ihm auf den Rücken. Er bemerkte, dass das Pferd eine edle Satteldecke mit eingesponnen Goldfäden trug und auch der Sattel sah sehr stilvoll aus. Er war aus hellem Leder und die Initialen *E.L.* waren darauf eingestickt. Auch das Zaumzeug wirkte neu und wenig abgegriffen.

Er ließ seinen Blick zu der grauen Mauer schweifen, die das Ende der Gasse darstellte und erschrak. Sofort eilte er zu der kauernden Gestalt, die dort lehnte. Sie schien bewusstlos zu sein. Killian nahm seinen Umhang ab und wickelte das Mädchen darin ein. Vorsichtig strich er mit seinen Handschuhen über ihr Gesicht. Sie war jung und zierlich.

»Verdammt!«, fluchte er und biss sich auf die Unterlippe. Was sollte er nur mit ihr anstellen? Hier liegen lassen konnte er sie nicht. Killian schloss die Augen und seufzte tief. »Na, dann musst du eben mit mir kommen.«

*

Emilia stöhnte. Ihr war unsagbar übel und jedes ihrer Glieder schmerzte. Noch nie hatte sie solche

Schmerzen gehabt. Sie drehte sich auf die andere Seite des Bettes und öffnete dabei langsam die Augen. Zuerst war sie verwirrt, dann geschockt. Sie wollte die Decke beiseite schlagen und aufspringen, doch eine scharfe Stimme hinderte sie.

»Bleib liegen!«

Emilia erschrak. In ihr Blickfeld traten ein Paar schwarze Stiefel, dann zwei Beine, die in dunklen Hosen steckten und dann ein Gesicht, das sie neugierig betrachtete. Emilias Herz wurde von einer kalten, klauenartigen Hand ergriffen und zusammengedrückt.

»Nein!«, kreischte sie und der junge Mann sah sie sichtlich verwirrt an.

»Was nein?«, wollte er wissen und sie keuchte auf.

»M ... Mephisto«, flüsterte sie.

Killian runzelte die Stirn. Das Mädchen schien einen Schock erlitten zu haben.

»Ich bin nicht Mephisto – was für ein dämlicher Name! Ich heiße Killian. Ich habe dich und dein Pferd gefunden«, erklärte er ihr mit ruhiger, sachlicher Stimme. Emilias Augen huschten unruhig hin und her und sie klammerte sich verzweifelt an die Bettdecke. Eine ganze Weile betrachtete sie sein Gesicht. Er kam nicht an die Attraktivität von Jacob heran, dafür waren seine Nase zu breit und sein Mund zu schmal, aber die honiggelben Augen faszinierten sie. Noch nie hatte sie solch eine Augenfarbe gesehen. Killian schien das zu bemerken und senkte schnell den Blick.

Plötzlich durchzuckten Emilias Geist die Bilder der vergangenen Nacht, eines grausamer als das andere.

»Bernadette, Tante Veronica ... Jacob!«

Mit einem Satz war sie aus dem Bett und wollte zur Tür eilen, doch ihre Beine konnten ihr Gewicht nicht tragen und sie fiel zu Boden. Killian eilte zu ihr und hielt sie an den Schultern fest, als sie erneut aufstehen wollte.

»Lass mich los! Ich muss nach Hause, sofort!«, schrie sie ihn an und wollte ihn von sich stoßen, doch der Dieb war stärker als sie.

»Beruhige dich, verdammt nochmal! Leg dich sofort wieder ins Bett und dann erzählst du mir, was passiert ist.«

Widerwillig ließ Emilia sich von ihm zurück ins Bett helfen, wobei sie Killian einen giftigen Blick zuwarf. Sie seufzte tief, schluckte den Kloß in ihrem Hals hinunter und begann die zusammenhanglosen Bilder in ihrem Kopf zu einer Geschichte zu ordnen. Wieso sie das tat, war ihr schleierhaft. Sie hatte noch nie einem Fremden ihr Herz ausgeschüttet, aber sie musste zugeben, dass es guttat. Killian hörte ihr schweigend zu und unterbrach sie kein einziges Mal. Als sie geendet hatte, traten ihr Tränen in die Augen.

Der Dieb machte ein nachdenkliches Geräusch.

»Du hast keine Ahnung, was ich bin, oder?«, fragte er sie aus heiterem Himmel und Emilia wischte sich überrascht über ihr Gesicht.

»Wie ... was hat das jetzt mit meiner Situation zu tun?«, fauchte sie ihn an. Er seufzte und schüttelte den Kopf. »Du bist wirklich blauäugig, *Fee*.«

Sie horchte auf und sah ihn verständnislos an. »Was ...?«

Ihr Gegenüber grinste breit. »Ich bin ein Dämon – ein halber, um genau zu sein.«

»Und?«, Emilia sah ihn schafsdumm an.

Killian riss die Augen weit auf, die Sprachlosigkeit war ihm förmlich ins Gesicht geschrieben.

»Ähm ...«, begann er zu stammeln und blinzelte mehrmals verwirrt.

Emilia nutzte seine Verwirrtheit aus. Sie stieg aus dem Bett und suchte ihre Stiefel, um sie anzuziehen.

»Du bist eine Fee, pardon, eine Halbfee, und weißt nichts über uns Dämonen?«, fragte Killian sie nun, als er sich wieder gefangen hatte. Emilia, die gerade ihr Haar zurechtstrich, warf ihm einen kurzen Blick über die Schulter zu.

»Ja. Ich weiß nichts über Dämonen. Ich kenne nur ein paar Kindergeschichten«, erklärte sie rasch. Als sie zur Tür ging, sagte sie: »Ich danke dir für alles, Killian. Aber ich muss weiter! Der Weg zum Feenwald ist lang!«

Emilia berührte die Türklinke und wollte sie hinunterdrücken, doch Killian stand plötzlich vor ihr. Seine goldenen Augen sahen sie ernst an.

»Wie ...?«, Emilias Herz setzte für einen Schlag aus. Wie war er nur so schnell hierhergekommen?

»Wenn du etwas über Dämonen wüsstest, dann würdest du nicht so dumm dreinschauen«, erklärte er ihr knapp. Er nahm Emilias rechte Hand und tätschelte sie.

»Ich mache dir einen Vorschlag. Ich werde dir helfen zum Feenwald zu gelangen und du ... Du bist einfach lieb und nett zu mir, ja?«

»Wieso solltest du mir helfen?«, sie runzelte fragend die Stirn und entzog ihm ihre Hand. Misstrauisch betrachtete sie sie. Ein Dämon ... sie hatte noch nie einen gesehen und wenn sie ehrlich war, hatte sie sich Dämonen anders vorgestellt. Viel wilder, bestialischer und vor allem unhöflicher. Der hier schien ganz nett zu sein, irgendwie.

»Du wirkst wie eine Dame in Nöten und ich bin kein ungehobelter Klotz, der eine Lady einfach ihrem Schicksal überlässt«, gestand er breit lächelnd.

»Woran hast du erkannt, dass ich eine Fee bin?«

Killian trat einen Schritt näher auf sie zu. Emilia wich zurück, spürte jedoch die Tür in ihrem Rücken. Der Halbdämon streckte die Hand nach ihr aus und berührte mit den Fingerspitzen ihr Gesicht.

Sie sog scharf die Luft ein.

»Noch einen Schritt näher, und ich schwöre dir, du wirst meinen Fuß da spüren, wo es am meisten wehtut«, drohte sie ihm und er zog belustigt eine Augenbraue nach oben.

»Eine Dame in deinem Alter sollte solche Dinge nicht wissen«, neckte er sie und Emilia spürte eine leichte Röte in ihren Wangen.

»Deine Augen«, sagte er plötzlich mit fester Stimme, »deine Augen verraten, dass du eine Fee bist. Nur Feen haben grüne Augen, musst du wissen.«

»Ich kenne einige andere, die auch grüne Augen haben«, konterte sie.

»Nun, es gibt verschiedene Arten von Grün. Dein Farbton ist der, der zeigt, dass du Feenblut in dir trägst.«

»Aha ...«, war ihre nicht gerade geistreiche Antwort und Killian trat zurück.

»Wie heißt du eigentlich? Ich will dich nicht ständig mit *Feenblut* anreden.«

»Emilia.«

»Klingt nicht gerade feenhaft. Ich hätte mit etwas wie Sonnentau oder Windflüsterin gerechnet«, feixte er und erntete von Emilia einen bösen Blick.

»Ach ja? *Killian* ist auch nicht gerade ein wahrhaftiger Dämonenname.«

»Meine Mutter hatte etwas gegen *Schattentrinker* oder *Seelenfresser*.«

Die junge Halbfee rollte mit den Augen. Na klasse!

Sie war an einen Halbdämon geraten, der sich auch noch für lustig hielt. Plötzlich begann ihr Magen zu knurren.

»Ah! Das habe ich ganz vergessen. Du bist sicher am Verhungern. Moment, ich komme gleich wieder.« Er drückte sich an ihr vorbei und ließ sie alleine im Zimmer zurück. Verdutzt sah sie ihm nach.

Emilia setzte sich unschlüssig auf das Bett und schon bald erschien der junge Mann mit einer dampfenden Schüssel. »Hier, für dich!«, er streckte ihr die Tonschüssel entgegen und Emilia nahm sie dankend an. »Ich hoffe«, begann Killian und setzte sich neben sie auf das Bett, »du magst Rindfleischeintopf.«

Killian sah den Argwohn in Emilias Gesicht und er rutschte ein Stück von ihr weg. »Lass es dir schmecken.«

Das ließ sich Emilia nicht zweimal sagen. Sie schaufelte das Essen regelrecht in sich hinein und in Killians Gesicht zeigte sich ein breites Grinsen. Als sie fertig gegessen hatte, stellte sie die Schüssel auf dem Boden ab und wischte sich mit dem Handrücken über den Mund.

»Also, wann brechen wir auf?«, fragte Killian sie neugierig und die hellen Augen jagten einen Schauer durch Emilias Körper.

»Wir?«, sie zog die Augenbrauen nach oben.

»Ja, wir. Ich werde dir helfen, was auch immer du

vorhast. Wie ich schon sagte, eine Dame in Nöten lässt man nicht in Stich.«

»Du bist als Kind nicht zufällig öfter auf den Kopf gefallen oder?«

»Nein. Außer einmal, da bin ich unglücklich gegen einen Brunnen gestürzt, aber ansonsten … keine schweren Verletzungen. Ich genoss als Kind eine sehr strenge Erziehung, wenn es das ist, was dich irritiert.«

»Ich habe mir Dämonen nie so freundlich vorgestellt«, gestand Emilia und eine zarte Röte stieg in ihren Wangen auf.

»Halbdämon, bitte«, erwiderte er leicht eingeschnappt, »aber ich muss gestehen, ich habe mir Feen auch immer etwas ... arroganter vorgestellt, und nerviger. Du scheinst recht angenehm zu sein.«

Sie lachte leise. »Halbfee, bitte.«

Er stimmte in ihr Kichern mit ein, dann traf sein Blick Emilias. »Sobald es dir besser geht, brechen wir auf – in Ordnung?«

Sie nickte zustimmend.

4. Kapitel

Hermes trottete gemütlich zwischen Killian und Emilia her, während sie das Pferd am Zügel führte. Der Hengst schnaubte und machte sich einen Spaß daraus, seinen Schweif, natürlich völlig unbeabsichtigt, immer wieder in Killians Rücken zu schlagen, wenn er zu langsam neben ihm herging.

Killian warf dem Tier jedes Mal einen wütenden Blick zu, aber Hermes ignorierte ihn gekonnt.

»Sag mal, hat dein Gaul was gegen Männer?«, fragte Killian und versuchte es beiläufig klingen zu lassen.

»Nein, wieso?«, hakte Emilia nach, aber Killian blieb ihr die Antwort schuldig.

Emilia und er waren am frühen Morgen aufgebrochen, nachdem sie eine kleine Mahlzeit in dem Gasthaus eingenommen hatten, in das Killian sie gebracht hatte. Sie war ihm sehr dankbar dafür. Andere hätten sie sicherlich einfach in der Gasse liegen gelassen oder schlimmere Dinge mit ihr angestellt.

Wie sie genau dorthin geraten war, wusste sie nicht. Sie musste wohl ohnmächtig geworden sein und Hermes hatte sie dorthin getragen. Killian hatte ihr auch den Namen der Stadt genannt und vage erinnerte sich Emilia daran, dass ihre Tante dort öfter Kleidung bei einem Schneider in Auftrag gegeben hatte.

Als sie an ihre Tante dachte, schluckte sie ihre Tränen hinunter. Nein, sie wollte jetzt nicht weinen – vor allem nicht in Gegenwart von Killian! Es war sowieso schon peinlich genug, wenn sie daran dachte, wie sie ihm gestern ihr Herz ausgeschüttet hatte. Nicht einmal Jacob gegenüber war sie je so emotional geworden.

Ein tiefer Stich brannte sich in ihr Herz, als sie an Jacob dachte. Er hatte sich geopfert, damit sie fliehen konnte. Emilia hoffte, dass ihm nichts passiert war, und dass er im Feenwald auf sie wartete, wie er es versprochen hatte.

Doch etwas in ihr sagte ihr, dass sie sich damit selbst belog.

»Weißt du eigentlich den Weg zum Feenwald?«, fragte Emilia und versuchte sich damit abzulenken. Die malerische Landschaft um sie herum tat ihr Übriges. Die Stadt war nur noch ein kleiner Strich hinter ihnen.

»So ungefähr«, antwortete Killian, der die Hände hinter dem Kopf zusammengefaltet hatte. »Ich war lange nicht in der Nähe, aber ich weiß noch einige Anhaltspunkte. In knapp einer Woche müssten wir da sein.«

Sie wollte ihn etwas fragen, doch er verharrte plötzlich. Er runzelte die Stirn und drehte sich um. Am Ende des Weges, hinter ihnen, sah er Reiter in einem irren Tempo voranpreschen.

»Runter von der Straße!«, sprach Killian hastig und Emilia folgte seinem Blick, bevor die drei schnell den Weg verließen und sich in den Ausläufern des dichten Waldes versteckten.

Emilias Herz schlug schneller, als die Reiter näherkamen und sie umfasste unbeabsichtigt Killians Unterarm. Der Dämon warf nur einen flüchtigen Blick auf die kleine Hand und wandte dann wieder den Blick nach vorne.

»Oh nein.« Killian sah zu Emilia, sie war kalkweiß und ihre Hand zitterte unkontrolliert.

»Was ist?«, fragte er und warf einen unruhigen Blick auf die nahenden Reiter. Das Hufgetrampel schwoll an und die Stimmen der Reiter mischten sich darunter. Es waren raue, laute Stimmen.

»M ... Mephisto ...«, stammelte Emilia und sie riss die Augen weit auf.

Als hätte der Anführer der Reiter seinen Namen gehört, hielt er seinen Rappen an. Das Pferd wieherte, stieg kurz auf die Hinterhand und schüttelte dann seinen Kopf, als es zum Stehen kam.

Es waren vier Reiter. Sie alle trugen schwarze Rüstungen und das Wappen des Königs war auf ihrem Brustharnisch eingraviert. Jetzt erkannte Emilias das Symbol: ein schwarzer, knorriger Baum.

»Was ist, Mephisto? Hörst du das Laub husten?«, fragte ein blonder Mann, der wohl kaum das zwanzigste Lebensjahr beendet hatte. Killian erkannte sofort, wer Mephisto war. Er war der Anführer der Reiter und so wie er aussah, hatte er einen Kampf mit einem Dämon aus der Hölle ausgetragen. Noch nie hatte Killian einen so entstellten Mann gesehen. Unter den Dämonen gab es schon hässliche Gestalten, doch der Mensch schlug sie um Welten.

»Sei still«, zischte er barsch und der junge Mann verstummte.

»Da waren doch gerade noch zwei Wanderer vor uns«, sagte er und Mephisto sah sich hektisch um. Der Reiter, der neben dem Anführer im Sattel saß, runzelte die Stirn.

»Ich kann ihre Auren spüren. Sie waren vor Kurzem noch hier«, sprach er und Killian sog scharf die Luft ein.

»Ein Magier«, flüsterte Emilia und die beiden sahen sich hektisch an. Magier waren selten hierzulande, und wenn man auf einen traf, dann musste man damit rechnen, dass er nicht freundlich gesinnt war. Nette Magier gab es so gut wie nie. *Die dunkle Magie verdirbt den Charakter,* hatte ihre Tante immer gesagt.

Ob Feenmagie das auch tut?, fragte sie sich in Gedanken und wich hastig einen Schritt zurück, als der Magier aus dem Sattel des Pferdes sprang. Gerade noch konnte sie das Gleichgewicht halten, sonst wäre sie auf einen verdorrten Ast getreten und das hätte die Reiter sicherlich aufmerksam gemacht.

Aus den Augenwinkeln nahm sie wahr, dass Killian sein Schwert leicht aus der Scheide zog. Sie sah ihn alarmiert an.

»Was hast du vor?«, flüsterte sie ihm zu. Immer noch hielt ihre Hand seinen Unterarm umklammert.

»Ich lenke sie ab. Du versuchst auf Hermes zu flüchten«, sagte er und war gerade dabei, das schützende Dickicht zu verlassen, als Emilia panisch sagte: »Nein! Sie bringen dich um!«

Killian lächelte matt. »Keine Sorge, mir passiert nichts.«

»Nein! Du wirst nicht dein Leben für mich riskieren. Wir verschwinden – gemeinsam.«

Der Blick, mit dem sie ihn ansah, ließ Killian zu keinem Widerwort kommen und er nahm die Hand von seinem Schwertgriff.

»Gut, in Ordnung.«

Sie unterdrückte den Impuls, erleichtert auszuatmen. Der Magier blickte sich noch immer suchend um. Er konnte es nicht fassen, wortwörtlich. Jedes Mal, wenn er die Auren mit seiner Magie berührte, verflüchtigten sie sich und lösten sich in Luft auf.

»Jetzt komm, Edgar! Wir müssen weiter, der König wartet«, ertönte Mephistos Stimme ungeduldig.

Edgar warf noch einmal einen prüfenden Blick auf die Umgebung, knurrte dann missmutig und ging dem Befehl seines Anführers nach.

Er stieg in den Sattel seines Pferdes, doch plötzlich schwenkte sein Kopf ruckartig nach links, zu dem Dickicht, in dem Emilia und Killian kauerten.

»Gefunden!«, zischte er und seine Pupillen weiteten sich.

»Verdammt!«, schimpfte Killian. Emilia und er wichen zurück, als Mephisto aus dem Sattel sprang und mit Edgar an seiner Seite auf sie zuging.

»Was machen wir?!«, fragte sie panisch, als die beiden nur noch wenige Schritte entfernt waren.

»Emilia, lauf!«, war das einzige, was Killian zu ihr sagte, bevor er sein Schwert zog und aus dem Gebüsch sprang. Mit blankgezogener Klinge stellte er sich den beiden entgegen und Emilia erkannte, dass das ihre einzige Chance war. Sie stieg in Hermes Sattel, doch jemand packte sie und zog sie von ihm hinunter. Sie schrie und schlug um sich, doch vergebens. Hart wurde sie im Nacken gepackt und ihr Kopf nach hinten gerissen. Emilia traten die Tränen in die Augen.

»Haben wir dich!«, zischte ihr die Stimme zu, die sie als die des Magiers erkannte.

Sie wurde grob herumgerissen und dann sah sie Mephisto, wie er über Killian stand. Dessen Schwert lag achtlos neben ihm und der Hüne hatte seinen

Fuß auf Killians Brust gesetzt und drückte ihn somit zu Boden.

»Da ist ja unsere *Prinzessin.* Weißt du, dass du uns ganz schöne Sorgen bereitet hast?«, fragte Edgar gespielt freundlich und drückte die dünne Haut im Nacken weiter zu, so dass sie aufschrie. Sie sank in die Knie und der Magier warf die junge Frau Mephisto wortwörtlich vor die Füße.

Voller Angst starrte sie ihn an, dann fiel ihr Blick auf Killian, der das Gesicht vor Schmerzen verzog. Sie erkannte eine blutende Wunde an seiner Schulter. Mephisto hielt den Dolch noch in der Hand, der dem Halbdämon diese Verletzung zugefügt hatte.

»Euer Leibwächter ist nicht gerade der fähigste, Mylady. Ihr hättet Euch auch nicht an einen lumpigen, stinkenden Dämon wenden sollen. Aber eines kann ich Euch sagen: Er ist genauso ein Schwächling wie Euer Liebster.«

»Was habt Ihr mit Jacob gemacht?«, schrie Emilia und die Panik ließ ihre Stimme zittern.

Sie schnürte ihr die Kehle zu und gab ihr kaum noch Luft zu atmen. Mephisto grinste grausam und sie sah in seine tiefschwarzen Augen, die ihr eine Gänsehaut bescherten.

»Dein allerliebster Jacob ist in König Alberts Kerker und genießt seinen Aufenthalt. Er wird sehr gut behandelt. Tägliche Treffen mit dem König und dem Folterknecht«, erzählte er ihr gelassen.

»Nein!«

Emilias Schrei hallte durch den ganzen Wald und Tränen der Verzweiflung rannen über ihr Gesicht.

Mephisto lachte und zog Emilia grob mit.

»Und jetzt kommt – Euer Vater erwartet Euch.« Emilia ließ sich widerstandslos mitziehen und sah zu Killian, der immer noch auf dem Boden lag.

»Tötet ihn«, hörte sie Mephistos Stimme wie durch Watte.

»NEIN!«, Emilia versuchte sich von Mephisto loszureißen. Diesmal schaffte sie es und sie sah in seinem Gesicht, dass er damit nicht gerechnet hatte.

Emilia rannte auf Killian zu und stellte sich schützend vor ihn.

»Lasst ihn in Frieden!«

»Emilia ...«, stöhnte der Dämon und hatte kaum die Kraft, sich zu erheben. Die Männer des Königs sahen sich an, dann brachen sie in schallendes Gelächter aus.

»Hör zu, Mädchen. Es ist ja nett, dass Ihr Euch so um ihn sorgt, aber seien wir mal ehrlich: Er ist ein dreckiger Dämon und es nicht wert, zu leben. Geht zur Seite, damit wir das beenden können«, sagte der Magier und schüttelte fassungslos den Kopf.

»Nein!«, widersprach sie erneut und sie wunderte sich, woher sie die Kraft dazu nahm. Sie hatte furchtbare Angst und ihre Nerven waren nicht mehr als ein zitterndes Bündel, das jeden Moment zu zerbrechen drohte.

Plötzlich tauchte ein Lichtfunke aus dem Wald auf, der wie irr auf die dunklen Ritter zuflog. Dem ersten knallte er gegen die Brust, dem zweiten gegen den Kopf, dem Magier und Mephisto selbst flog der leuchtende Punkt in die empfindlichsten Teile eines Mannes.

Die vier Ritter schrien vor Schreck auf und drei von ihnen nahmen Reißaus, als der Lichtfunke sie erneut attackierte.

»Hey!«, schrie Mephisto seinen Männern wutentbrannt hinterher, als die bereits in den Sätteln ihrer Pferde saßen und davonritten. »Ihr feigen Hühner, kommt zurück!«

Mephisto fluchte und sah Emilia und den Dämon an, der immer noch auf dem Boden lag.

»Na wartet, Prinzessin. Das werdet Ihr noch bereuen«, zischte er ihr zu, bevor er ebenfalls zu seinem Pferd eilte. Es war nur noch eine Staubwolke zu sehen, als er davonritt.

Emilia seufzte und ließ sich erschöpft zu Boden fallen.

»Urgh ...«, hörte sie Killian stöhnen. Sie wandte sich zu ihm um.

»Killian!«, schrie sie. Der Halbdämon lächelte.

»Da ... Das war großartig«, brach er hervor, dann fielen seine Augen zu.

»Killian!«, Emilia rüttelte ihn an den Schultern - vergeblich.

Hermes, der sich versteckt hatte, trottete neben seine Herrin und schmiegte seinen Kopf an ihre Schulter. Geistesabwesend tätschelte sie ihn.

»Ha ha!«

Emilia erschrak bei der glockenhellen Stimme, die sie dicht neben ihrem Ohr wahrnahm. Der helle Lichtpunkt tanzte auf und ab.

»Denen habe ich es aber gezeigt!«, rief das glitzernde Etwas voller Freude und begann, wirre Kreise zu ziehen.

»Ähm ...«, machte Emilia, die das Irrlicht verwirrt ansah.

»Was ...«, weiter kam sie nicht, denn der funkelnde Schein schwebte direkt vor ihrer Nase auf und ab.

Es machte dumpf *plop*, dann löste sich der Lichtpunkt auf und vor Emilia schwebte eine kleine daumengroße Frau. Sie hatte kurzes silbernes Haar, das zu einem Bob geschnitten war, und dunkelgrüne Augen. Sie trug ein weißes, ärmelloses Kleid und hinten auf ihrem Rücken wuchsen vier kleine silberne Flügel.

Flügel?!

Emilia starrte die Fee mit offenem Mund an.

»Du ... Du ...«, Emilia zeigte mit zitterndem Zeigefinger auf das magische Wesen. Dieses kicherte.

»Mach den Mund zu. Nicht, dass noch Fliegen reinfliegen«, schmunzelte die Märchengestalt und warf sich vor Emilia in eine Pose.

»Ich bin Mirabell und wurde beauftragt, dich in den Feenwald zu geleiten!«, sprach Mirabell voller Stolz.

»Du wurdest beauftragt?«, wiederholte Emilia leise und die Fee nickte überschwänglich.

»Ja! Kirabell sagte zu mir: Mirabell, du musst sie beschützen! Du musst die Hüterin finden und sie zu uns führen, bevor ihr etwas passiert! Ja, das hat meine große Schwester gesagt!«

Die junge Frau blinzelte verwirrt. Hermes begann Mirabell zu beschnuppern, doch als er sie anschnaubte, warf das die Fee einige Meter zurück und ließ sie in der Luft einen Purzelbaum schlagen.

»Pass doch auf!«, plusterte Mirabell sich auf und begann ihre Haare wieder in Ordnung zu bringen.

»Also«, begann Mirabell und stellte sich mit ihren nackten Füßen auf Emilias Nasenspitze. »Wir kümmern uns erstmal um deinen Freund hier und dann ... dann sehen wir weiter!«, sprach sie. Mehr als ein Nicken brachte Emilia nicht zustande.

5. Kapitel

Das Prasseln eines Feuers drang an Killians Ohren. Seine Augenlider zuckten unaufhörlich und alles an ihm schmerzte. Er hatte das Gefühl, dass keines seiner Körperteile mehr zu ihm gehörte. Langsam öffnete er die Augen. Es war dunkel und funkelnde Sterne erleuchteten den Nachthimmel.

Killian stöhnte und Übelkeit überkam ihn.

»Ah, unser Held ist wach!«, fiepte eine unbekannte Stimme und schon bald spürte Killian, dass etwas auf sein Gesicht niederrieselte, das ihn sehr stark an die Konsistenz von dickem Staub erinnerte.

Er hustete und richtete sich vorsichtig auf. Im Rücken spürte er einen großen Stein, an den er sich anlehnen konnte.

»Guten Morgen!« Erneut ertönte die lästig grelle Stimme und Killian rieb sich verwundert die Augen, als er eine Fee erkannte, die um seinen Kopf kreiste.

»Ich muss wohl eine auf den Schädel bekommen haben«, nuschelte er und schüttelte vorsichtig den Kopf. Nun, die Schmerzen fühlten sich so an, als wäre ein Pferd auf ihm herumgetrampelt. Ein Stich durchzuckte seine Schulter und er bemerkte den Verband quer um seine Brust. Er erkannte dort leichte Blutflecke und langsam kam die Erinnerung wieder.

»Hey, hast du was damit zu tun?«, fragte Killian Hermes, der neben einer großen Tanne stand und an einem farnartigen Gewächs knabberte. Das Pferd sah ihn aus schwarzen Augen nur desinteressiert an, dann widmete es sich wieder seinem Abendmahl.

»Oh ist mir schlecht«, würgte Killian hervor. Die Fee kicherte.

»Na du bist mir aber ein strahlender Held! Lässt zu, dass eine kleine mickrige Fee die holde Prinzessin vor vier dunklen Rittern rettet. Ich denke, kein Geschichtsschreiber wird sich je an dich erinnern«, kicherte die Märchengestalt. Er warf ihr nur einen finsteren Blick zu.

»Verschwinde, du bist nichts als eine Einbildung.«

»Einbildung! Meinte der Kerl gerade, ich sei eine *Einbildung*?«, schrie sie und riss weit die Augen auf. Sie hob ihre rechte Hand zur Faust und schlug damit auf Killians rechte Schulter ein. Mehr als eine dumpfe Berührung nahm er nicht wahr.

»Ich bin ECHT!«, schrie sie wütend.

»Na gut! Dann bist du eben echt! Sei doch nicht gleich so empfindlich«, beruhigte Killian sie und hütete sich davor, den nächsten Fehler zu begehen.

»Wo ist Emilia?«, wollte er nun wissen.

»Sie sucht die Umgebung nach Feinden ab – eigentlich wäre das deine Aufgabe, als Mann!«, Killian hörte deutlich den Vorwurf aus ihrer Stimme heraus und seufzte niedergeschlagen,

»Sag mal du Nervensäge, wie heißt du eigentlich? Ich will wissen, was ich demnächst erschlage.«

»Ich bin Mirabell«, stellte sich die Fee vor.

»Gut, Mirabell. Können wir uns darauf einigen, dass du dein vorlautes Mundwerk nicht überhandnehmen lässt? Dankeschön!«

Sie wollte protestieren, doch Emilia trat aus dem Schatten der Bäume hervor. Killian sah, dass sie sein Schwert in der rechten Hand trug. Ihr Kleid war verdreckt und in ihrem Haar bemerkte er einige Blätter.

»Du bist wach.« Erleichterung trat in ihre Augen und kurzerhand umarmte sie den Halbdämon. Der erwiderte die Geste überrascht.

»Ich dachte schon, du wirst ... gar nicht mehr wach«, gestand sie ihm und löste sich von ihm. Sie reichte ihm sein Schwert.

»Hier, ich habe es mir ausgeliehen.« Killian nahm es dankend an und verstaute es wieder in der dazugehörigen Scheide.

»Wie lange habe ich geschlafen.«

»Ungefähr zehn Stunden. Mirabell hat mir geholfen ein Feuer zu entfachen und mich um dich zu kümmern. Die Verletzung ist nur oberflächlich, du solltest also bald wieder auf dem Damm sein. Hast du Hunger? Ich habe einige Beeren gefunden. Mirabell kennt sich in den Wäldern sehr gut aus und hat mir gezeigt, was essbar ist und was nicht«, erklärte sie und lächelte. Killian warf Mirabell einen schiefen Blick zu, die ihm ihrerseits die Zunge rausstreckte. Empört schnappte er nach Luft, doch Emilia bemerkte es nicht, denn sie hatte sich schon von ihm abgewandt, um die Beeren aus ihrer Satteltasche zu holen.

»Was ist passiert?«, fragte Killian zögerlich, als er die Beeren von Emilia annahm und dankbar verspeiste. Es waren runde, dunkelviolette Früchte, die sehr süß schmeckten.

»Mirabell hat uns gerettet. Sie hat die dunklen Ritter verjagt«, sagte Emilia und ihm wurde die kleine Fee immer unsympathischer. Sie baute sich neben Emilia auf.

»Das ist ... ja der Wahnsinn«, brachte Killian hervor und bemühte sich, nicht gleich die Beeren wieder hoch zu würgen.

»Und sie hat mir erzählt, dass ihre Schwester, Kirabell, sie geschickt hat, um mich zum Feenwald zu geleiten. Sie sagte ihr, dass es an der Zeit sei, die neue Hüterin nach Hause zu bringen«, sprach Emilia weiter und ihre Augen glänzten.

»Toll«, kommentierte Killian und er schlang die letzten Früchte hinunter. Sie runzelte die Stirn.

»Was ist los mit dir?«, fragte sie ihn geradeheraus.

Sie war nicht dumm und hatte gemerkt, dass ihn etwas störte.

Killian machte eine Handbewegung in Mirabells Richtung.

»Da du sie jetzt hast, brauchst du mich ja nicht mehr.«

»Wie meinst du das?«, fragte Emilia und ihre Stimme klang dünn.

»Mirabell wird dich sicher heil und gesund zum Feenwald bringen, da kann ich ja wieder gehen. Denn wenn sie dich vor vier Männern beschützen kann, dann schafft sie sicherlich noch mehr!«, seine Stimme war mit jedem Wort lauter geworden und Emilia schüttelte fragend den Kopf.

»Killian ... bist du etwa ...«

»Er ist eifersüchtig auf mich, weil er dich nicht verteidigen konnte! Männer sind, was ihren Stolz angeht, alle gleich! Dein Geliebter ist wohl ein schlechter Verlierer«, verkündete Mirabell und lachte laut.

»Ich bin nicht ihr Geliebter du dumme, verkommene Fliege!«, schrie Killian die Fee an.

»Fliege?! Ich bin keine Fliege du Hornochse!«

»Jacob.«

Blitzschnell sprang Emilia auf und rannte zu Hermes. Der Hengst schnaubte, als sie in den Sattel stieg.

»Was hast du vor?«, fragte Killian, der Mirabell mit einem Schnippen seiner Finger zum anderen Ende der Lichtung beförderte.

»Ich muss zum Schloss – Jacob retten«, war das einzige, was Emilia sagte.

»Nein, das darfst du nicht!«, keifte die Fee schrill. »Du musst mit mir zum Feenwald kommen!«

»Nein! Mein Vater hat Jacob in seiner Gewalt und ich lasse ihn nicht in seinem Kerker vermodern!«

»Aber Emilia ...«, versuchte es Mirabell erneut, doch Killian schaltete sich ein: »Ich helfe dir. Zusammen werden wir Jacob befreien.« Der Dämon nickte ihr zu und Emilia wurde leicht ums Herz.

»Moment, stopp! Ich verbiete es dir, Emilia!«, ereiferte sich Mirabell und schnaubte. Sie flog an die beiden heran.

»Emilia, hör zu. Du kannst nicht in das Schloss deines Vaters, er wird dich töten! Du bist die letzte Hüterin, du musst mit mir kommen. Unser Wald stirbt. Mit jedem Tag, den du länger fernbleibst, verendet unsere wunderschöne Heimat mehr und mehr. Kehre zuerst zum Feenwald zurück, danach können wir Jacob retten«, sprach Mirabell in ruhigem Ton zu ihr.

»Sie lügt!«, Killians Augen funkelten die Fee an, »Emilia, sobald du den Feenwald betrittst, lassen sie dich nie wieder hinaus. Du wirst mit dem Wald verschmelzen. Du bist ihre Hüterin und der Wald wird sterben, je länger du ihm fortbleibst. Denk an deine Mutter, denk an die Geschichte, die dir deine Tante erzählt hat.«

Emilia schluckte schwer. Sie blickte von Killian zu Mirabell und zurück. Sie atmete tief ein.

»Gut. Wir retten zuerst Jacob und danach gehen wir zum Feenwald«, verkündete sie ihre Entscheidung und Mirabell war deutlich anzusehen, dass sie mit dieser Entscheidung nicht glücklich war.

»Emilia ...«, seufzte die Fee tief.

»Ich liebe Jacob, Mirabell. Ich will ihn retten, verstehst du? Ich ... ich will nicht daran schuld sein, wenn er stirbt.« Tränen glitzerten in ihren Augen und Killian nahm ihre rechte Hand in die seine. Sanft strich er darüber und das Kribbeln in ihrer Hand, beruhigte Emilias Gemüt.

»Wir schaffen das – verlass dich darauf.«

*

Die Stadt starrte auf sie herab und macht Emilia Angst. Alles war in Grau gehalten, die Gebäude, die Kleidung der Menschen – einfach alles. Emilia hielt Hermes Zügel fest umklammert.

»Und was machen wir jetzt?«, wollte Mirabell wissen. Die Fee hatte sich unter ihrer Kapuze versteckt.

»Wir gehen zum Schloss und ... dann sehen wir weiter«, erwiderte Emilia und versuchte immer noch, hinter ihrem Plan zu stehen. Inzwischen haderte sie damit. War es wirklich richtig, sich so offen in die Höhle des Löwen zu begeben?

Ja, es gab keine andere Möglichkeit. Wenn sie das Vertrauen ihres Vaters gewinnen wollte, musste sie so handeln.

Emilia sorgte sich um Killian. Was würde ihr Vater mit dem Halbdämon machen? Eine Gänsehaut breitete sich bei ihr aus und sie schluckte schwer.

Ihm wird nichts geschehen, dachte sie ernst und je näher das Schloss kam, desto nervöser wurde sie. Das Schloss war riesig und die Stadt war darum herumgebaut worden. Hermes Hufe hallten dumpf über die Zugbrücke. Die Wächter ließen sie ungehindert passieren. Killian war nervös, seine Schwerthand lag auf dem Knauf seiner Waffe, bereit, sie sofort zu ziehen.

»Keine Sorge, das wird schon«, redete er ihr gut zu und Emilia sah ihn von der Seite an.

»Versuchst du mich oder dich damit zu beruhigen?«, fragte sie ihn und kniff leicht die Augen zusammen. Der Dämon antwortete ihr darauf nicht.

Aus dem Schatten eines Vordaches trat ein Mann hervor.

Mephisto.

Hermes scheute kurz und Emilia schluckte schwer. Killian hingegen verhielt sich ruhig.

»Ah Prinzessin. Schön, dass Ihr uns beehrt. Ich wusste doch, dass Ihr kommen würdet«, sagte der dunkle Ritter und grinste breit. Übertrieben verbeugte er sich vor Emilia.

»Euer Vater erwartet Euch, Prinzessin Melina.«

*

Albert befand sich in seinem Arbeitszimmer und brütete über einem Vertrag, den sein Berater aufgesetzt hatte. Es ging darum, die Abgaben der Bauern im Land zu erhöhen – seine Armee aß mehr weg, als er in seiner Lagerkammer hatte.

Er wusste, wenn er das neue Gesetz unterschrieb, würden die Bauern Sturm laufen, doch den König interessierte das herzlich wenig. Bauern gab es wie Sand am Meer, gute Krieger hingegen waren rar.

Der König fuhr sich durch sein dunkelblondes, kurzes Haar, das schon einige grauen Strähnen aufwies. Seine prunkvolle Krone lag neben dem Federkiel. Er nahm das Schreibgerät in die Hand und setzte seine Unterschrift unter den Vertrag.

Sollten sie sich doch aufführen, ihm war es egal.

Er war der König und niemand durfte sich gegen ihn stellen.

Dumpf drang ein Klopfen an sein Ohr und er hob den Kopf. Albert setzte sich seine Krone aufs Haupt und rief laut: »Herein.«

Mephisto öffnete die Tür und verneigte sich vor seinem König. Albert runzelte die Stirn.

»Was willst du?«, fragte er barsch. Seit Mephisto vor knapp einer Woche mit leeren Händen zurückgekehrt war, war er wütend auf seinen besten Krieger. Er hatte ihn ausgeschickt, um seine Tochter zu holen, doch er war mit nichts zurückgekehrt, außer der Nachricht vom Tod Veronicas und dem gefangenen Burschen, Jacob.

Aus dem Jungen hatte der König nicht viel herausbekommen. Er wusste nur, dass Jacob für seine Tochter sterben würde.

»Mein König. Eure Tochter ist soeben erschienen. Sie möchte sich Euch stellen.«

Albert starrte ihn an. »Seid Ihr Euch sicher?«, hakte er nach und Mephisto nickte.

»Ja. Es ist dasselbe Mädchen, das bei Veronica war, mein König. Sie ist es.«

Obwohl es für einen König unschicklich war, sprang er mit einem Satz auf und eilte an dem Ritter vorbei, den Gang entlang, über die lange Wendeltreppe hinunter zur Eingangshalle, wo ein Mädchen stand.

Er verharrte kurz, als er sie sah. Zuerst dachte er, Luisa stünde vor ihm, doch er hatte sie eigenhändig getötet – es konnte also nur Melina sein.

»Melina«, sagte er mit rauer Stimme.

Seine Tochter starrte ihn an, ihre Hände zu Fäusten geballt. Neben ihr stand ein junger Mann, der sehr verwegen aussah und seine honiggelben Augen verrieten sofort, dass Dämonenblut in seinen Adern floss.

»König Albert«, sagte Emilia und verneigte sich knapp. Ihre Haltung war steif. Ihr Vater ging auf sie zu und streckte die rechte Hand nach ihr aus, doch Emilia wich zurück.

»Melina ...«, begann er, aber sie unterbrach ihn.

»Veronica hat mich Emilia genannt und so möchte ich auch angesprochen werden. Ich bin gekommen, weil Ihr mich gesucht – und dabei mein Zuhause zerstört habt!«

Deutlich hörte er die Wut aus ihrer Stimme und Albert atmete tief durch.

»Me ... Emilia, das was passiert ist, tut mir leid. Ich habe meinen Männern ganz andere Anweisungen gegeben. Mephisto hat sie falsch verstanden. Es tut mir sehr leid, was Veronica und den anderen widerfahren ist.«

Der Mann neben seiner Tochter regte sich plötzlich. Er stieß einen verächtlichen Ton aus. Albert sah ihn an, doch es passierte nichts.

»Und das soll ich Euch glauben, *Vater*?! Nachdem Ihr meine Mutter und meine Ziehmutter umgebracht habt, soll ich Euch das glauben?!«, schrie sie und Mephisto, der hinter den König getreten war, hatte die rechte Hand auf seinen Schwertknauf gelegt.

König Albert räusperte sich.

»Was passiert ist, Emilia, tut mir schrecklich leid, und wenn ich es könnte, würde ich die Zeit zurückdrehen, meine Tochter. Ich wollte dich an den Hof holen, um dich um Verzeihung zu bitten und dir anzubieten, hier im Schloss zu bleiben.«

Emilia senkte kurz den Blick.

»Ja, in Ordnung. Ich werde für einige Zeit Eure Gastfreundschaft in Anspruch nehmen.« Der König nickte und rief einen Diener herbei, der Emilia auf ihr Zimmer bringen sollte.

»Heute Abend werden wir uns unterhalten. Alles wird sich aufklären.« Das Mädchen schien sichtlich verwirrt und nickte nur, dann folgte sie dem Diener, doch dem Mann warf sie noch einen letzten Blick zu, bevor sie sich endgültig abwandte.

Als Emilia die Treppe hinaufgegangen war, wandte sich der König an den jungen Mann.

»Euer Name?«, wollte er wissen und Killian antwortete höflich darauf. Albert nickte.

»Was habt Ihr mit meiner Tochter zu schaffen?«

»Ich habe sie beschützt, vor Männern wie ihm«, erwiderte Killian und deutete mit einem Kopfnicken auf Mephisto.

»Ist es üblich, so eine Prinzessin zu behandeln?«, fragte der Halbdämon weiter und Mephisto sah ihn zornig an.

»Als ich dich das letzte Mal gesehen habe, hast du jammernd auf dem Boden gelegen.«

Killian sog zischend die Luft ein.

»Ich weiß, dass Ihr ein falsches Spiel spielt, König.

Ich bin nicht Eure Tochter, ich lasse mich nicht von Euch blenden«, knurrte der Halbdämon. Der gütige Gesichtsausdruck verschwand aus dem Gesicht des Königs. Eine Fratze aus Hohn trat an dessen Stelle.

»Mephisto, kümmere dich sehr gut um unseren *Gast.*« Der Hüne trat an dem König vorbei, auf Kilian zu, packte ihn am Kragen und schlug ihn mit der linken Handkante genau auf die Stirn.

Sofort wurde er ohnmächtig und der dunkle Ritter schleifte ihn mit sich, in Richtung Kerker.

Der König grinste bösartig.

6. Kapitel

»Er ist falsch.«

Mirabells Stimme drang zischend an ihr Ohr, als sie sich in dem zugeteilten Gemach umsah. Es war sehr schön eingerichtet – alles spiegelte den Prunk des Königshauses wider.

Das Bett war riesig und ein Tuch umspannte es wie ein Baldachin. Teure Möbel, wie der Schreibtisch und eine riesige Kleidertruhe gaben dem Raum etwas Heimeliges.

Emilia legte ihren Mantel auf der Truhe ab und begab sich auf das Bett. Müde streckte sie ihre Glieder aus.

»Ich bin nicht dumm. Mirabell. Ich weiß, dass er mich anlügt«, sagte sie zu ihrer kleinen Freundin. Die Fee machte ein grummeliges Geräusch.

»Emilia, es war falsch hierherzukommen. Los komm, hauen wir in den Feenwald ab!«, versuchte es die Fee erneut und Emilia seufzte.

»Ich lasse Jacob nicht hier sterben!«, keifte sie Mirabell an, doch die verzog nur das Gesicht.

»Was findest du nur an ihm? Es gibt unzählige Menschen, such dir doch einen anderen!«

»Ich liebe Jacob, verdammt nochmal! Verstehst du

das nicht?! Wie kannst du nur so herzlos sein?«, schrie Emilia sie an. Sie hatte sich inzwischen aufgerichtet und funkelte die Märchengestalt böse an.

»Menschen und ihre Liebe. Ihr verschwendet alle eure Zeit damit. Was habt ihr denn von der Liebe? Nichts als Schmerz, wenn es vorbei ist! Ich verstehe euch nicht«, flüsterte Mirabell.

»Du musst es auch nicht verstehen«, war Emilias zornige Antwort. Mirabell ließ die Flügel hängen. »Ich schaue mich etwas um«, sagte sie mit kleinlauter Stimme.

»Ja, tu das.« Emilia drehte ihr den Rücken zu und legte sich wieder ins Bett. Sie schloss die Augen und hörte nur noch, wie Mirabell durch das geöffnete Fenster nach draußen flog.

Emilia räkelte sich im Bett und schon bald übermannte sie der Schlaf.

»Prinzessin?«

Hauchdünn war die Stimme und Emilia seufzte, drehte sich auf die andere Bettseite und vergrub ihren Kopf unter einem Berg Kissen.

»Prinzessin. Euer Vater erwartete Euch in einer Stunde, wir haben nicht mehr viel Zeit«, versuchte es die zaghafte Stimme erneut und Emilia öffnete die Augen und kroch unter den Kissen hervor.

Im Zimmer war es dämmrig und sie konnte nur noch wenige Sonnenstrahlen durch das Fenster ausmachen. Erst dann schweifte ihr Blick auf die Frau neben ihrem Bett. Sie war blass und ihr Haar war zu einem Knoten nach hinten gebunden. Ihre wässrigen Augen sahen Emilia scheu an.

»Ich ... Ich soll Euch für das Abendessen zurechtmachen«, erklärte die Magd ihr Erscheinen. Emilia nickte wissend und ließ sich von der Dienerin in ein Nebenzimmer führen, das sich als Bad herausstellte.

Dort sollte sie sich geschwind in einem Zuber waschen, während die Zofe ein Kleid, Parfüm und unzählige Dekorationen für die Haare vorbereitete. Emilia beäugte die Magd unsicher. Sie kannte es, dass sie herausgeputzt wurde, aber heute fühlte sie sich dabei nicht wohl.

Gleich würde sie sich ihrem Vater gegenüber finden, dem Mann, der sie hatte töten wollen. Emilia war nicht dumm, sie wusste, dass er mit ihr spielte und sie anlog. Sie würde ihm sicherlich nicht ihr blindes Vertrauen schenken. Nachdem sie fertig angezogen war, folgte sie der Magd zum Speisesaal. Die führte sie durch einen langen Gang, der geschmückt mit Gemälden von adeligen und früheren Herrschern war. Ob ihre Mutter auch darunter war?

Vor einer schmucklosen Flügeltür blieb die Zofe stehen. Sie verneigte sich vor Emilia, dann betätigte sie den schweren Türklopfer. Daraufhin öffnete sich die Tür wie von Zauberhand und Emilia betrat den

Raum. Sie schluckte schwer. Mitten im Raum stand ein langer Esstisch aus dunkler Eiche. Goldene Gravuren waren an den Kanten sowie den Tischbeinen angebracht.

Der Raum war, genau wie ihr Zimmer, mit sehr viel Prunk ausgestattet. Luxus, der unnötig war. Emilia holte tief Luft und schritt über den roten Teppichboden an das Ende des Tisches, wo ihr Vater bereits saß und sie erwartete.

Er nickte ihr zu und setzte einen goldenen Kelch an den Mund, um daraus zu trinken. Albert saß am Kopfende der Tafel und Emilia nahm links von ihm Platz. Dabei fiel ihr auf, dass auch der rechte, freie Platz neben dem König, gedeckt war.

Bestimmt für Killian, dachte sie.

Emilia lächelte ihren Vater scheu an und betrachtete ihn zum ersten Mal genauer. Er war nicht älter als Ende dreißig aber sein kurzes, dunkelblondes Haar war bereits von einigen grauen Strähnen gezeichnet. In seinem Gesicht erblickte sie einige Falten. Seine grauen Augen wirkten wachsam und ernst. Emilia begann daran zu zweifeln, dass dieser Mann wirklich das Monster war, das Veronica in ihrem Märchen dargestellt hatte.

Veronica.

Wie ein Nadelstich fuhr der Schmerz in ihr Herz und lähmte es. Sie unterdrückte die Tränen, die ihr in die Augen schießen wollten. Veronica, ihre Ziehmutter, die sich jahrelang als ihre Tante ausgegeben hatte, war wegen ihm gestorben.

Veronica, die sie über alles geliebt hatte.

Nein, dieser Mann *war* grausam. Er spielte nur den frommen König. Emilia wusste das.

Ich werde dich rächen, schwor sie sich in diesem Moment und ballte ihre linke Hand, die in ihrem Schoß lag, zur Faust. Die Tür wurde erneut geöffnet und Mephisto trat ein. Sie sah ihn verwundert an, als er mit großen, scheppernden Schritten auf den König zutrat, sich verneigte und den Platz neben Albert einnahm.

Die Verwunderung musste Emilia ins Gesicht geschrieben gewesen sein, denn der entstellte Ritter schenkte ihr ein grausames Lächeln. Sie bekam eine Gänsehaut.

»Ich dachte, der Platz wäre für Killian?«, brach sie nun hervor und sah ihren Vater an. Der schwenkte den Inhalt seines Kelches.

»Killian ... Dein Begleiter, ja? Er hat mir mitteilen lassen, dass er für das Essen zu erschöpft sei. Deswegen habe ich Mephisto eingeladen«, erklärte er galant. Emilia spürte sofort, dass er log. Killian hätte nie so etwas gesagt.

Emilia aber bewahrte ihre äußere Fassade und nickte nur. Danach kamen mehrere Diener aus einer Seitentür und umschwirrten die drei wie Bienen ihre Königin. Sie stellten neue Kelche bereit, mehrere

Karaffen mit verschiedenen Flüssigkeiten, einige silberne Platten mit Essen und randvoll gefüllte Schüsseln mit Beilagen.

Als Emilia das alles sah, bemerkte sie, wie viel Hunger sie hatte, und dass sie seit Tagen nichts Anständiges mehr gegessen hatte. Sie roch das saftige Fleisch eines gebratenen Hühnchens und ließ sich von einem Diener eine große Scheibe und einige Pellkartoffeln geben. Gierig verschlang sie das Mahl und trank hastig einige Schlucke Wasser, um mehr Platz für das leckere Essen in ihrer Speiseröhre zu schaffen.

Sie ignorierte dabei die verwunderten Blicke ihres Vaters. Er musste bemerkt haben, dass sie ausgehungert war wie ein Wolf, denn er winkte einen Diener herbei und flüsterte ihm etwas zu. Der Mann nickte nur, dann verschwand er in der Seitentür und kam kurz darauf mit einem riesigen Tablett, auf dem noch ein weiteres Hühnchen lag, wieder.

Der Diener stellte die Platte vor Emilia ab und verneigte sich knapp, bevor er sich zurück in den Schatten zog, um dort auf erneute Befehle zu warten. Emilia genoss das Essen und aß, bis ihr schlecht wurde und sie sich mit einem tiefen Seufzer zurück in den Stuhl legte und kurz die Augen schloss.

Sie hörte ein belustigtes Kichern seitens Mephisto. Der Ritter hatte die Hände ineinander verschränkt und das Kinn nachdenklich auf die Daumen gestützt. Er musterte sie aus seinen schwarzen, unendlich tiefen Augen und Emilia unterdrückte gerade noch ein Frösteln.

»Ihr scheint sehr viel Hunger gehabt zu haben, Prinzessin«, eröffnete er das Wort an sie und der Begriff *Prinzessin* klang aus seinem Mund wie eine gefährliche Drohung.

»Wenn ihr tagelang ohne richtige Nahrung durch die Welt irrt, möchte ich Euch sehen, wie sehr Ihr an Hunger leidet«, entgegnete sie bemüht freundlich und lächelte ihn süffisant an.

»Das würdet Ihr nicht erleben, Teuerste. Ich kann jagen, um zu überleben. Jegliche Beute unterliegt mir«, fügte er hinzu und Emilia entging nicht, dass seine Augen kurz intensiv aufflackerten.

Emilia biss sich auf die Innenseite ihrer Wange und unterdrückte den Impuls, ihn anzuschreien. Was erlaubte er sich, so mit ihr zu reden?! Wieso sagte ihr sogenannter Vater nichts? Wenn er sie wirklich liebte und vermisst hatte, wie er beteuerte, dann müsste er doch für Emilia einstehen.

Denk daran, das sind alles nur Lügen, die sie dir hier vorspielen, dachte sie, um ihre Schutzwälle erneut zu errichten.

»Ich bin nicht Eure Teuerste, Ritter Mephisto. Und dass Ihr jagen könnt, habt Ihr mir selbst bewiesen – doch ich fand, dass Ihr dabei nicht sonderlich viel Erfolg hattet. Die Beute ist am Schluss selbst zum Jäger gekommen«, sprach sie und fragte sich, ob der letzte Satz nicht doch etwas zu gewagt war.

König Albert räusperte sich.

»Wir sollten das Thema wechseln. Ich glaube, meine Tochter ist dir gegenüber ein würdiger Gegner und ich möchte dir die Schmach ersparen, gegen eine Frau zu verlieren, Mephisto.«

Der König nahm seinen Kelch in die Hand und hob ihn in die Luft.

»Auf meine Tochter, Prinzessin Emilia.«

Mephisto und sie stimmten in den Toast mit ein und zitternd führte Emilia den Wein an ihre Lippen. Ihre Augen huschten unruhig hin und her. Erst jetzt wurde ihr bewusst, dass sie sich in der Höhle des Löwen befand.

*

Mirabell flog missmutig durch das Schloss und trübe Gedanken hafteten an ihr wie eine schwarze Regenwolke, die sie zu verfolgen schien. Sie war wütend auf Emilia. Wie konnte sie nur so dumm sein und sich so fest an diesen Jacob klammern, als würde ihr Leben davon abhängen.

Er war nicht wichtig, fand Mirabell. Er rief Gefühle in Emilia wach, die sie für Liebe hielt und die Fee fand das falsch. Liebe führte immer ins Verderben, deswegen liebten Feen nicht. Die Liebe richtete sie nur zugrunde.

Deswegen gab es im Feenwald nur weibliche Feen und keine männlichen Exemplare. Sie waren alle verbannt worden.

Mirabell fröstelte, während sie durch die grauen Gänge des Gemäuers schwebte. Hier unten gab es kein Licht, nur spärlich erhellten die Fackeln ihre Umgebung und Mirabell erkannte im Dämmerlicht eiserne Stäbe, die von der Decke bis hinein in den Boden ragten.

Es waren Zellen, erkannte die Fee.

Gefängniszellen.

Mirabell hielt in ihren Flügelschlägen inne, als sie ein ihr bekanntes Gesicht hinter den Gittern erkannte.

Killian.

Er lag bewusstlos auf dem kalten, nackten Steinboden und rührte sich nicht.

»Killian!«, rief sie leise und flog schnell wie ein Pfeil auf ihn zu. Sie schwebte dicht über ihm, wie ein aufgebrachtes Irrlicht.

»Killian!« Sie rüttelte mit den kleinen Händen an seiner Schulter, doch er erwachte nicht.

»Das kann noch eine Weile dauern. Er muss einen harten Schlag auf den Kopf bekommen haben, das streckt selbst den härtesten Mann nieder«, ertönte eine Stimme aus dem Schatten der Zelle.

Mirabell erschrak und wich einige Flügelschläge zurück. Sie kniff ihre Augen zusammen und erkannte einen jungen Mann, den man an Händen und Füßen angekettet hatte. Er hatte kurze dunkelblonde Haare und aus dem verdreckten Gesicht blickten sie zwei strahlende blaue Augen an, die aufgeweckt wirkten. Er hatte keine Scheu vor der Fee.

Seine Kleidung stand vor Dreck und sein Körper sah auch nicht besser aus. Sie konnte unzählige Kratzer und blutige Wunden auf seiner hellen Haut erkennen. Er wirkte ausgezehrt und die Fee vermutete, dass er hier unten sterben würde, sollte sich nicht bald ein Heiler den Jungen anschauen.

»Wer bist du?«, fragte Mirabell und eine Ahnung keimte in ihr auf und erblühte vollends, als er seinen Namen aussprach.

»Ich bin Jacob.«

Mirabell holte tief Luft.

»Du ... bist Jacob?«, hakte sie vorsichtig nach und Jacob nickte zur Bestätigung.

»Ich ... Wir sind hier, um dir zu helfen. Emilia ...«, als Jacob ihren Namen hörte, ruckte sein Kopf blitzartig in die Höhe und seine Augen weiteten sich.

»Emilia. Was ist mit ihr? Geht es ihr gut?!«

»Ja, es geht ihr gut. Sie ist hier um dich zu retten. Ich und Killian«, sie zeigte auf den Halbdämon, »helfen ihr dabei.«

Jacob schien verwirrt zu sein, über diese Neuigkeit. Er sah von Killian zu Mirabell und wieder zurück.

»Ihr solltet verschwinden, sofort! Emilia und ihr alle seid in Gefahr. Der König und sein Folterknecht sind gnadenlos. Wie kommt Emilia nur auf die Idee, hierherzukommen?!«

»Weil sie dich liebt und dich unbedingt retten will«, war Mirabells Antwort und die Fee verschränkte die Arme vor der Brust.

»Zu meiner Verteidigung muss ich sagen, dass ich von Anfang an nicht begeistert war. Ich wollte auf dem kürzesten Weg in den Feenwald, aber Madame musste vorher ja unbedingt ihrem Herzen folgen.«

Jacob lachte leise auf. »Ja, so ist Emilia. Immer mit dem Kopf durch die Wand.«

Killian stöhnte leise auf.

»Himmel noch eins«, fluchte er und öffnete langsam die Augen. Sein Kopf dröhnte und seine Glieder schmerzten so, als wäre eine Herde Rinder über ihn getrampelt. Killian würgte, als ihm bittere Magensäure den Hals hochkroch, doch er bemühte sich, sie zu behalten.

Seine Augen gewöhnten sich nach und nach an das Dämmerlicht und er erkannte mit trübem Blick, dass Mirabell in seiner Nähe war und ein fremder Mann, der an Ketten gefesselt war, neben ihm saß.

Ihm hatte man dieses Schicksal erspart. Er konnte sich frei bewegen.

»Gut geschlafen?«, kam die spitze Frage der Fee, aber Killian hörte, dass ein klein wenig Besorgnis in ihrer Stimme mitschwang. Mirabell flatterte auf ihn zu und setzte sich auf sein Knie.

»Du bist mir vielleicht ein Halbdämon! Was machst du hier unten überhaupt?! Zellenbesuch?«

»Sehr witzig, du Ratte mit Flügeln! Ich wurde niedergeschlagen! Der König hat mich hinterrücks reingelegt!«, keifte er die Fee an und der Fremde machte ein Geräusch, das ihnen bedeutete, die Stimmen zu senken.

»Seid leise! Die Wächter hier melden alles sofort dem König! Meinem ehemaligen Zellengenossen haben sie die Zunge rausgeschnitten, weil er den Mund nicht halten konnte und danach ... danach haben sie ihn öffentlich hingerichtet.«

Während Killian nur abfällig mit den Mundwinkeln zuckte, bekam Mirabell bei Jacobs Worten eine Gänsehaut.

»Wer bist du?«

»Ich bin Jacob. Mirabell hat mir erzählt, dass ihr wegen mir hier seid. Seid ihr verrückt geworden?«, fragte er bitter. Killian drehte sich zu ihm um und stand mit wackeligen Beinen auf. Ihm war immer noch schlecht, aber es wurde besser. Wenn nur nicht diese elendigen Kopfschmerzen gewesen wären...

»Ja, wir sind wirklich verrückt«, bestätigte er nuschelnd und schloss für einen kurzen Moment die Augen.

»Und? Was machen wir jetzt?«, fragte die Fee in die Stille hinein und zupfte nervös an ihren Fingern herum.

»Ich weiß es nicht«, kam es niedergeschlagen von Killian. »Ich ...«, er brach ab und atmete tief ein.

Plötzlich waren Schritte zu hören. Schwere Schritte, wie sie nur von gepanzerten Schuhen stammen konnten.

»Da kommt wer!«, kam es unnötigerweise von Jacob. »Los, versteck dich!«

Das brauchte man Mirabell nicht zweimal zu sagen. Mit einem *plopp* machte sie sich unsichtbar und der Halbdämon beneidete sie in diesem Moment um ihre Fähigkeit. Killian nickte Jacob zu und ließ sich wie ein nasser Sack zu Boden fallen, und tat so, als würde er noch immer im Dämmerzustand liegen.

Die Schritte bekamen bald ein Gesicht. Es war Mephisto. Der Ritter stand breitbeinig vor der Zelle und blickte verachtend von Jacob zu Killian.

»Na gut die Herren, fangen wir an.«

7. Kapitel

Emilia starrte an die Decke ihres Himmelbettes. Sie ließ das Abendessen nochmals Revue passieren. Es war angenehm gewesen, sogar äußerst angenehm. Wäre da nicht die klitzekleine Unannehmlichkeit, dass Emilia wusste, dass alles nur gespielt war. Fast hätte sie sich wohlgefühlt.

Ja, wäre nicht alles eine Lüge, würde ich hier sogar bleiben wollen, dachte sie wehmütig und schluckte die aufkeimende Trauer hinunter. Sie musste an Veronica denken. Sie war früher genau wie Emilia durch die Gänge hier gewandert. Hatte hier gelacht und gelebt – hatte bestimmt sogar bei ihr in diesem Zimmer geschlafen.

All das machte sie unendlich traurig. Mit dem Handrücken wischte sie sich die Tränen von den Wangen. Veronica hatte sie beschützt und behütet vor der Welt aufwachsen lassen, hatte ihr Geschichten erzählt, als sie ein kleines Kind gewesen war und noch an Märchen geglaubt hatte.

Veronica war ihre Familie gewesen. Eine Familie, die ihr Vater, König Albert, zerstört hatte.

Sie hatte niemanden mehr auf der Welt, das wurde ihr plötzlich klar. Sie konnte nicht mehr zurück nach

Hause, nie wieder. Sie musste ihrer Bestimmung folgen und ihren Platz im Feenwald einnehmen, ob sie wollte oder nicht.

Das war sie Veronica schuldig – und ihrer Mutter, die sie niemals kennengelernt hatte.

Emilia schluckte die bitteren Tränen hinunter und verbarg das Gesicht in den flauschigen Kissen.

Sie durfte nicht weinen. Sie musste stark sein.

»Emilia ...«, zaghaft drang eine dünne Stimme an ihr Ohr.

Es war Mirabell, die kleine Fee.

»Mhm?«, war das einzige, was Emilia von sich gab, das Gesicht weiter in den Kissen vergraben.

»Ich muss dir was sagen«, begann Mirabell und die junge Frau seufzte nur.

»Was? Willst du mir wieder Vorhaltungen machen?«, wollte Emilia bissig von ihr wissen.

»Nein ... Nicht. Ich habe etwas gefunden, im Keller. Genauer gesagt im Kerker.«

»Und was hast du da gefunden? Den Tag von gestern?«

Die Fee plusterte sich auf.

»Na gut! Dann sag ich dir eben nicht, dass Jacob und Killian dort unten gefangen sind!«

»Was?!«, mit einem Mal war Emilia hellwach. Sie grub sich aus ihrem Kissenberg hervor und starrte ihre kleine Freundin erschrocken an.

»Mein Vater ...«, sie erinnerte sich daran, dass er

gesagt hatte, Killian sei zu müde, um zum Essen zu erscheinen. Eine Lüge. Es war nichts als eine Lüge gewesen. Was hatte sie auch erwartet? Ihr Vater hatte sie tot sehen wollen – sie glaubte kein Wort, das aus seinem Mund stammte.

»Sie werden dort unten von Mephisto gefangen gehalten und gefoltert! Schnell, Emilia! Wir müssen ihnen helfen!«, kam es aufgebracht von Mirabell.

»Was verdammt nochmal hattest du im Kerker zu suchen?«, fragte Emilia nach, als sie aus dem Bett sprang, um aus der Kleidertruhe ein Kleid hervorzusuchen. In diesem aufgetakelten Zustand würde sie nicht vor die Tür gehen. Ihr Herz schlug schnell vor Aufregung.

»Ich habe dir doch gesagt, dass ich mir das Schloss ansehe, und da gehört der Kerker eben dazu!«, rief Mirabell eingeschnappt und machte ein abfälliges Geräusch.

Als Emilia fertig angezogen war, nickte sie der kleinen Fee zu und die zeigte ihr ohne Zögern den Weg in den Keller.

Niemand begegnete ihnen. Keine Bediensteten, keine Wachen. Emilia behagte das nicht. In einem Palast musste es doch immer nur so von Menschen wimmeln, auch wenn es bereits spät abends war.

In ihrem Magen begann es ungewollt zu kribbeln und sie warf der kleinen Fee einen gehetzten Blick zu. Irgendetwas stimmte nicht. Als sie ihre kleine

Freundin drauf ansprach, rollte die nur mit den Augen.

»Ach papperlapapp! Das bildest du dir nur ein! Vielleicht schon mal daran gedacht, dass alle hier Feierabend haben? Wer bitteschön soll in der Nacht noch arbeiten? Das Schloss ist gut bewacht«, tat Mirabell Emilias Worte ab.

»Was bist du denn so misstrauisch? Sonst bin ich doch diejenige, die immer alles schwarzsieht«, fügte sie hinzu. Emilia biss sich auf die Unterlippe.

»Ich weiß nicht. Ich habe nur so ein ungutes Gefühl bei der Sache.«

»Ach! Das ist bestimmt nur die Aufregung!«

Emilia versuchte nicht weiter Mirabell zu überzeugen, dass etwas nicht stimmte. Bestimmt hatte die Fee recht und Emilia bildete sich alles nur ein und es war nur die Vorfreude, Jacob endlich wiederzusehen.

Jacob.

Ihr Herz machte einen gewaltigen Satz nach vorne. Mirabell führte sie zielsicher hinab in den Kerker. Es war eiskalt dort unten und es stank nach Moder und anderen ekelhaften Gerüchen. Emilia musste würgen. Hoffentlich konnte sie sich beherrschen und würde nicht ihren Mageninhalt entleeren.

»Komm!« Mirabell winkte sie ungeduldig an eine Zelle heran.

Emilias Atem ging schneller, als sie Killian und

Jacob erkannte, die hinter Gittern auf feuchtem Gestein saßen.

»Jacob!«, schrie sie und rannte los. Jacob, der an Eisenketten an der Zellenwand gefesselt war, schluckte und Emilia sah Erleichterung in seinem Gesicht. Sie klammerte sich mit beiden Händen an die Gitterstäbe. Ihre dunkelgrünen Augen waren wässrig und ihr Herz schlug schmerzhaft schnell gegen die Brust. Ihre Kehle war zugeschnürt.

»Jacob ...«, sagte sie noch einmal, als sie sah, wie man ihn zugerichtet hatte. Tränen liefen ihre Wangen hinab und tropften auf den Steinboden.

»Was haben sie dir nur angetan?«, ihre Stimme zitterte vor Trauer und sie schluchzte. Mirabell tätschelte ihr beruhigend die Schultern.

»Es sieht schlimmer aus, als es ist«, sagte Jacob mit brüchiger Stimme und rang sich zu einem Lächeln durch.

»Oh Jacob! Es tut mir so leid, was dir widerfahren ist! Ich wollte das alles nicht! Du sitzt hier nur wegen mir«, erwiderte Emilia verzweifelt.

»Da ist es mir wert, Emilia. Ich liebe dich und das weißt du. Ich ertrage alles, wenn es dir dafür gut geht.«

Emilia schloss halblachend die Augen, als sie diese Worte hörte. Sie waren so voller Ehrlichkeit und Gefühl.

»Ich hole dich hier raus, versprochen.«

»Ähm ... ich bin auch noch da«, schaltete sich Killian ein, der etwas Abseits saß und sich wie das fünfte Rad am Wagen vorkam.

»Mhm, ob du auch mit rauskommen darfst, müssen wir uns noch genau überlegen, oder Emilia?« Mirabell legte nachdenklich den Kopf schief.

»Red nicht so einen Unsinn!«, erwiderte Emilia gespielt tadelnd. Ein Rascheln war zu hören und sie holte erschrocken Luft, beruhigte sich aber wieder, als sie sah, dass es nur eine dürre Ratte war.

»Wir sollten gehen«, redete Mirabell ihr zu. »Nicht das doch noch Wachen kommen, um nach dem Rechten zu sehen.«

Widerwillig nickte Emilia und warf Jacob einen traurigen Blick zu. Am liebsten hätte sie die verdammten Gitter aufgebogen, wäre zu Jacob gerannt und hätte sich an ihn gedrückt, wie früher im Baumhaus. Aber sie konnte das nicht, sie hatte dazu nicht die Kraft. Es schmerzte sie in der Seele, so nah bei ihm zu sein und doch so fern.

»Jacob ...«

»Sie hat recht, Emilia. Ihr solltet gehen, wir beide kommen schon klar«, versprach er ihr. Emilia wollte ihm so sehr glauben, doch sie konnte es nicht. Sie nickte nur einmal schwach, dann hauchte sie ihm eine Kusshand zu.

»Ich liebe dich.«

»Ja, das weiß ich«, erwiderte er und schenkte ihr

ein Augenzwinkern. Mirabell verabschiedete sich ebenfalls, dann machten sich die beiden auf den Rückweg. Dabei hatte Emilia das Gefühl, als würde sie ihr Herz im kalten, grausamen Kerker zurücklassen.

8. Kapitel

Es war grauenhaft für Emilia, als sie am nächsten Morgen die gleiche Prozedur über sich ergehen lassen musste, wie am Abend zuvor. Ausziehen, waschen, sich ankleiden lassen und das nervige Geplapper ihrer Zofe. Es war eine andere als gestern und Emilia vermisste schon die Ruhe, die diese ausgestrahlt hatte.

Diese hier redete ohne Punkt und Komma und erzählte Emilia gerade etwas über eine gewisse Hanna, die mit einem Jens ihr hinterhältiges Spiel trieb. Irgendwann schaltete Emilia ihren Kopf aus, als ihr das Gerede zu viel wurde.

Mirabell trieb sich irgendwo herum und war für Emilia am Spionieren. Emilia hingegen musste vorerst die brave, liebe Prinzessin spielen, bis sie eine ungefähre Ahnung hatte, was ihr Vater mir ihr plante. Emilia war fest entschlossen, ihm das Handwerk zu legen. Er würde schon noch sehen, was er sich mit ihr ins Haus geholt hatte.

Als sie endlich fertig hergerichtet war, konnte sie ein erleichtertes Aufatmen nicht verhindern.

»Danke für deine Mühen«, sagte sie höflich zu der Magd, die sie wie vom Blitz getroffen anstarrte. Sie konnte nicht glauben, was die Prinzessin gerade zu ihr gesagt hatte. Emilia sah sie verwirrt an.

»Wieso sagt Ihr das?« Die Stimme der Zofe klang argwöhnisch.

»Was ist daran falsch? Ich habe dir für deine Arbeit gedankt.«

»Niemand dankt mir je für meine Arbeit!«, brachte die Dienerin aufgebracht hervor und Emilia verstand die Welt nicht mehr. Was war das Problem des jungen Mädchens? Andere hätten sich überschwänglich dafür bedankt, dass Emilia sie lobte, aber die hier schien gar nichts zu begreifen.

»Wie heißt du?«

»Carla.«

»Na gut, Carla. Habe ich dich beleidigt?«

»Nein, das nicht aber ... es schickt sich nicht, wenn Ihr in Eurer Position dem niederen Volk dankt. Ihr seid eine Prinzessin!«

Emilia kam sich vor wie in einer schlechten Komödie. So etwas hatte sie noch nie zuvor gehört! Eine Prinzessin durfte sich doch bedanken, wann immer ihr danach der Sinn stand. Sie musste doch nicht mit hocherhobener Nase durch die Welt laufen und alles als selbstverständlich abtun.

»Ähm ... in Ordnung«, erwiderte Emilia schließlich und beschloss, dass es genug für heute war. Sie würde nicht mit der Magd streiten.

»Habt Ihr noch irgendwelche Wünsche, Prinzessin?«, fragte Carla höflich bemüht. Emilia überlegte. Ja, sie hatte noch einen Wunsch, aber sie würde ihn sicherlich nicht der Zofe mitteilen. Emilia konnte selbst auf sich aufpassen.

»Nein, Carla. Du kannst gehen.« Die Zofe verneigte sich und Emilia sah ihr an, dass sie erleichtert war, gehen zu dürfen. Als Emilia alleine in ihrem riesigen Zimmer war, stieß sie erleichtert die Luft aus. Carla würde ihr hier keine Hilfe sein, sie musste sich also auf Mirabell verlassen. Emilia betrübte das. Eigentlich hatte sie gehofft, hier Verbündete zu finden, die ihr helfen würden, Killian und Jacob zu befreien. Doch so wie es aussah, war sie auf verlorenem Posten.

Emilia warf einen letzten Blick in den Spiegel, der genauso groß war wie sie selbst, dann beschloss sie, ihr Zimmer zu verlassen, um sich im Schloss etwas umzusehen. Sie würde hier nicht den ganzen Tag herumsitzen und an die Decke starren. Emilia wollte das Schloss kennenlernen, in dem ihre Mutter und Veronica gelebt hatten.

Dieses Mal begegneten ihr mehr Leute als in der vergangenen Nacht. Alle, die ihren Weg kreuzten, nickten ihr höflich zu, manche verneigten sich sogar! Emilia war das außerordentlich peinlich und eine schwache Röte schlich sich auf ihre Züge. Sie war es nicht gewohnt, so viel Aufmerksamkeit auf einmal zu bekommen.

Emilia beschleunigte ihre Schritte und versuchte niemanden mehr anzusehen. Sie ließ einfach ihre Füße laufen und achtete nicht darauf, wohin sie sie führten. Und ehe sie sich versah, befand sie sich vor der Küche, die sich in einem Nebenbau des Schlosses befand. Durch die große hölzerne Schwingtür drang der Duft von frischem Brot, Gewürzen und einem deftigen Eintopf. Obwohl Emilia ein ausreichendes Frühstück in ihrem Zimmer genossen hatte, knurrte ihr schon wieder der Magen. Der Geruch weckte in ihr Erinnerungen an Zuhause, an das Leben, das sie abrupt hatte beenden müssen.

Emilia öffnete eine der Schwingtüren einen kleinen Spalt und spähte hinein in die gekachelte Küche. Dort herrschte reges Treiben. Aus den eisernen Töpfen auf den Feuerherden dampfte es und Emilia sah vier Leute, die regelrecht hin und her wuselten. Sie erblickte in einer Ecke der Küche meterhohes, dreckiges Geschirr und ein junger, hagerer Kerl mühte sich an einem Wasserbottich damit ab, die Reste zu beseitigen und alles blitzeblank zu putzen.

»Hey!«

Ein Schatten warf sich auf Emilia und sie hob erschrocken den Kopf. Vor ihr stand eine Frau, die fast zwei Meter groß war.

Sie hatte Schultern wie ein Holzfäller, trug eine Kochmütze auf ihrem kurzen, blonden Haar und eine weiße Schürze, über ihrer einfachen Leinenkleidung.

Sie hatte eine Adlernase und ihr Gesicht wirkte streng. Mit ihren schlammbraunen Augen fixierte sie Emilia.

»Was tust du hier, Fräulein!« Die Frau packte Emilia am rechten Handgelenk, die schnappte laut nach Luft. Die Hand der Frau wirkte wie die Klaue eines Drachens.

»Was soll das?!«, schimpfte Emilia empört, als die Köchin sie grob vor einen hölzernen Tisch stellte und ihr ein scharfes Küchenmesser in die Hand drückte. Mit der linken Hand zeigte sie auf das Schneidebrett und die Zwiebeln, die daneben lagen.

»Schneiden. Und zwar sofort! Nur Ärger hat man mit euch!«, keifte die Frau, und als Emilia keine Anstalten machte, eine der Zwiebeln in die Hand zu nehmen, verdrehte die Ältere die Augen.

»Sag mal, bist du dumm?! Du sollst arbeiten, Herr Gott nochmal! Wieso bekomme ich immer die Begriffsstutzigen?! Und wie siehst du überhaupt aus? In der Küche hat man in solchen Fummeln, wie du sie trägst, nichts zu suchen. Du siehst aus ... wie ... wie ...«, die Köchin brach urplötzlich mit ihrer Schimpftirade ab und ihr Gesicht entgleiste.

»Nein ...«, krächzte sie und wenige Sekunden später warf sich die Frau vor Emilia auf die Knie, das Haupt tief gesenkt in die Überreste von Kartoffeln.

»Prinzessin! Verzeiht mir! Ich dachte, Ihr seid die neue Küchenmagd! Bitte verzeiht mir, Mylady! Ich bin untröstlich!«

Emilia, die immer noch das Küchenmesser in der Hand hielt, legte es schnell beiseite und hob abwehrend die Hände in die Luft.

»Nein bitte. Steht wieder auf. Mir ...!«

»Ich flehe Euch an, Prinzessin! Sagt es dem König oder gar Mephisto nicht! Sie werden mich töten, wenn sie erfahren, wie unverschämt ich zu Euch war. Bitte!«, flehte die Frau ungehindert weiter und Emilia zog eine Grimasse. Die anderen Küchenleute hatten alle ihre Arbeit niedergelegt und sahen Emilia an, als wäre sie ein Drache, der gleich Feuer spie.

Emilia seufzte tief und hockte sich zu der Frau hinunter. »Wie ist Euer Name?«, wollte sie ruhig wissen.

»Annegret!«, brach sie zwischen Tränen hervor und die junge Frau legte Annegret die rechte Hand auf die Schulter.

»Annegret, steht auf. Von mir müsst Ihr kein Leid erwarten, versprochen. Ich werde niemandem sagen, was vorgefallen ist, versprochen.«

Sie hob den Kopf. Ihr Gesicht war aufgeweicht vom Weinen und in ihren feuchten Augen lag Dankbarkeit. Annegret umfasste Emilias Hände und drückte sie so fest, dass etwas laut knackste. Emilia schossen sofort Tränen in die Augen. Und als hätte es nicht schon gereicht, drückte Annegret sie an ihre stählerne Brust und schnürte ihr die Luft ab.

»Annegret! Du bringst sie noch um!«, kam es lachend von dem jungen Kerl, der zuvor am Waschbottich gestanden hatte. Sofort ließ die stämmige Frau sie los und schlug erschrocken die Hände vors Gesicht.

»Oh nein! Das wollte ich nicht, Prinzessin. Wisst Ihr, mein Temperament geht ab und an mit mir durch«, sagte sie und lächelte herzlich. Emilia erwiderte das Lächeln, hatte jedoch das Gefühl, dass jeder noch so kleine Knochen in ihr gebrochen war.

»Ah, wie interessant«, erwiderte Emilia schließlich und ehe sie sich versah, spürte sie, wie sie jemand auf einen niedrigen Stuhl drückte.

Es war ein junges Mädchen, kaum älter als fünfzehn, die ihre Hand auf Emilias Schulter gelegt hatte und sie freudig ansah. »Annegret hat einen festen Griff, nicht wahr? Sie war früher Köchin bei den Soldatentruppen, müsst Ihr wissen«, erklärte das freundliche Mädchen und kicherte.

»Ah ...«, war Emilias einzige Antwort, da sie sich erst einmal sammeln musste.

Annegret hatte die Hände vors Gesicht geschlagen und schüttelte den Kopf. »Es tut mir so leid, Prinzessin! Wisst Ihr, ich warte schon so lange auf eine neue Küchenmagd und ich dachte, dass Ihr das vielleicht seid. Ich habe gar nicht auf Eure edlen Gewänder geachtet ... oh Gott! Euer Kleid! Es ist schmutzig!«, jammerte die Köchin und Emilia sah verstört auf ihr Kleid hinab. Der Saum ihres goldenen Gewands war bräunlich verfärbt, sicherlich stammte das von den Abfällen, die auf dem Boden lagen.

»Ach, das ist nicht schlimm. Da wo es herkommt, gibt es noch tausend andere«, winkte sie leichthin ab, doch Annegret schien gleich komplett verrückt zu werden.

»Der König wird mich bestrafen, wenn er davon erfährt! Er wird mich mit Schimpf und Schande vom Hof jagen!«, weinte die Frau und die beiden Küchenhilfen warfen sich hilflose Blicke zu.

»Annegret, jetzt beruhige dich. Das Fräulein Prinzessin wird sicherlich eine gute Ausrede finden, wenn die Sprache darauf fällt«, versuchte der Küchenbursche Annegret zu beruhigen und Emilia nickte zustimmend.

»Ja! Natürlich! Ich werde einfach sagen, dass ich hingefallen bin. Glaubt mir, Annegret, niemand wird auf Euch oder Eure Küche kommen«, versprach Emilia feierlich. Die Köchin jedoch schien ihre Fassung nicht so schnell wieder zu erlangen. Noch immer wuselte sie wie ein aufgescheuchtes Huhn durch die Küche und malte sich laut die wildesten Fantasien aus.

Erneut sahen sich die drei hilflos an. Als Emilia noch einmal versuchte, den Mund zu öffnen, um etwas zu sagen, blitzte ein goldenes Licht auf, das an ihr vorbeizischte und kurz vor ihrer Nasenspitze zum Stillstand kam.

Es ertönte ein *Plopp* und das goldene Licht nahm Mirabells Formen an. Ein erschrockener Schrei entwich einem der Küchenmädchen und auch Annegret starrte das magische Wesen entsetzt an. Der rechte Zeigefinger der Köchin zitterte, dann verdrehte sie die Augen und ging mit einem lauten Rumps zu Boden.

»Heiliger Feenstaub!«, schimpfte Mirabell und hielt sich die rechte Hand auf die Brust. »Die kann ja glatt nen ganzen Wald roden!«

Finster blickte Emilia die Fee an. »Mirabell, das ist gemein!«

»Aber es ist die Wahrheit und die darf man sagen. Sagt meine Schwester zumindest immer ...«, versuchte sich die Fee zu rechtfertigen, doch Emilia beachtete sie nicht weiter. Zusammen mit den drei Küchenhilfen versuchte sie die Köchin aus ihrer Ohnmacht zu holen. Während der Küchenjunge und sie Annegret leicht aufrichteten, was nicht so einfach war, suchten die beiden Mädchen nach einem Kissen und etwas Wasser, um sie aufzuwecken.

Schnell eilte die eine mit einem fleckigen Kissen

herbei, das sie aus dem Nebenraum geholt hatte und legte es Annegret hinter den Rücken. Die andere kam mit einer Suppenkelle voll Wasser, die sie der Köchin mit zitternden Fingern über das Gesicht goss.

Sofort schlug Annegret die Augen auf, japste laut nach Luft und begann heftig zu atmen.

»Wo ist es?!«, rief sie heiser und blickte sich suchend um, dann fixierten ihre Augen Mirabell, die ihre zierlichen Hände auf den Hüften abgestützt hatte und unschuldig dreinsah.

»Weg du Irrlicht! Mich verführst du nicht!«, schrie Annegret in ihre Richtung.

Mirabell zog die Stirn kraus. »Irrlicht? Die Dicke da hält mich tatsächlich für ein Irrlicht?!«

»Die Dicke?!«

Emilia seufzte tief.

»Mirabell, bitte!«

»Nehmt dieses Ding da sofort aus meiner Küche!«, forderte Annegret Emilia auf.

Die ließ sich das nicht zweimal sagen. Emilia stand auf, packte die protestierende Fee, verabschiedete sich mit knappen Worten und verließ geschwind die Küche. Emilias Gesicht brannte rot vor Scham.

Mirabell protestierte weiterhin, doch Emilia hatte sie eng an die Brust gepresst. Ohne auf andere zu achten, rannte Emilia durchs Schloss, riss die Tür zu ihrem Gemach auf, stürzte ins Zimmer und warf sie hinter sich zu. Mit klopfendem Herzen lehnte sie gegen die Tür.

»Wieso hast du das gemacht?!«, schrie Emilia Mirabell atemlos an. Die kleine Fee war inzwischen schon etwas blau angelaufen und holte Luft, wie ein Fisch, der nach Wasser lechzte.

»Könntest du mich das nächste Mal bitte nicht so fest an dich drücken? Ich bin etwas empfindlicher als ein Mensch!«

»Du bist selbst schuld daran! Wieso musstest du die nette Frau auch so erschrecken? Du solltest dich schämen!«, tadelte Emilia die Fee und schüttelte enttäuscht den Kopf.

»Jetzt beruhige dich wieder! Es tut mir ja leid – wolltest du das hören? Ich werde nie wieder die Dicke ...«, Emilia sah sie erbost an, »… die nette Küchendame erschrecken. Zufrieden?«

Emilia nickte. »Ja, bin ich.«

Mirabell schüttelte die kleinen Flügel.

»Was wollte ich denn eigentlich von dir?«, fragte die Fee sich selbst und tippte sich nachdenklich gegen ihr Kinn. Dann blitzten ihre Augen auf und ihr Kopf wandte sich ruckartig Emilia zu.

»Du musst sofort mitkommen! Mephisto ist unten im Kerker bei Jacob und Killian und ...«, weiter musste die Fee nicht sprechen, um Emilias Angst zu schüren.

Schmerzensschreie hallten ihr entgegen, als Emilia in den Kerker hineinhetzte. »Jacob! Killian!«, rief sie aus Leibeskräften. Mehr als einmal stolperte sie über den langen Saum ihres Kleides und wäre beinahe auf das Kopfsteinpflaster gefallen

Erneut erklangen Schmerzensschreie. Emilia atmete heftig. Sie spürte das Stechen in ihrer Brust, doch sie verlangsamte ihr Tempo nicht. Jeder neue Schrei stachelte sie weiter an und als Emilia schwer keuchend vor Killians und Jacobs Zelle zum Stehen kam, gefror ihr das Blut in den Adern.

Mephisto stand in der Mitte der Zelle, sein Schwert blankgezogen. Jacob lag vor ihm auf dem Boden, blutend. Killian lag wenige Schritte daneben, bewusstlos, doch kein Blut war zu sehen.

»Jacob!« Emilia stürmte in die Zelle hinein und ließ sich auf den dreckigen Boden zu Jacob hinunterfallen.

»Jacob!«, wiederholte sie seinen Namen und betrachtete voller Schrecken das Blut, das aus seinem Körper floss. Sie starrte ihre Hände an, auf denen sich Blutflecken abzeichneten.

Wütend drehte sie sich zu Mephisto um, der sie nur desinteressiert betrachtete.

»Wieso habt Ihr das getan?!«, schrie sie ihn an, während Jacob stöhnend vor Schmerzen den Kopf leicht bewegte.

»Er wollte mir keine Antwort auf meine Frage

geben«, erwiderte Mephisto mit gleichgültigem Ton in der Stimme. Unbeeindruckt steckte er sein Schwert zurück in die Scheide.

»Ihr solltet aufpassen, dass Euer Kleid nicht zu schmutzig wird. Blutflecken sind schwer zu entfernen.« Er lachte leise und grausam. Mephisto schritt aus der Zelle und Emilia stand wieder auf, darauf bedacht, dem verletzten Jacob nicht noch mehr zu schaden.

»Ihr seid ein herzloser Mistkerl. Ich hasse Euch!«

Mephisto blieb stehen und drehte sich halb zu ihr um. Emilia hatte die Hände zu Fäusten geballt. Tränen liefen ihre Wangen hinab und benetzten ihr Kleid.

»Wenn es nach mir ginge, würde ich Euch in das dunkle, dreckige Loch stecken, aus dem mein Vater Euch hervorgeholt hat!«

Mephisto kehrte mit langsamen Schritten zu ihr zurück.

»So? Das würdet Ihr tun?«, fragte er und ein gefährlicher Unterton schwang in seiner Stimme mit.

»Ja.« Emilias Stimme zitterte vor Angst. Instinktiv wollte sie einen Schritt zurückweichen, doch sie widerstand dem Drang. Jacob stöhnte im Hintergrund schmerzerfüllt auf und Emilia nahm leise Killians Stimme wahr, wie er etwas murmelte.

Der Halbdämon war erwacht, die honiggelben Augen fixierten Mephisto. Langsam kam er wieder auf die Beine und wankte auf den Ritter zu. Er hatte die Fäuste erhoben, als sei er bereit für einen Zweikampf.

Der Hüne zog belustigt die Augenbrauen nach oben.

»Willst du noch eine aufs Maul, Bürschchen«, fragte er amüsiert und hob drohend sein Schwert. Emilia umfasste sanft Killians Unterarm und hielt ihn zurück.

»Nicht«, flüsterte sie ihm leise zu. Der Freund blieb stehen und sah ihr direkt in die Augen. Emilia erblickte darin die Wut, die loderte wie ein Scheiterhaufen.

»Nein«, flüsterte sie erneut und schüttelte den Kopf. Killian senkte seine Hände und sah zu Boden.

Im Hintergrund stöhnte Jacob ein weiteres Mal auf und Emilia wandte sich ihm zu. All das Blut und der Dreck interessierten sie nicht, sie wollte nur bei ihm sein und ihm helfen.

»Jacob ...«, flüsterte sie seinen Namen und widerstand dem Drang, erneut in Tränen auszubrechen. Sie schloss die Augen und lehnte ihre Stirn gegen seine. Scharf sog er die Luft ein.

»Ich werde Eurem Vater ausrichten, dass Ihr hier wart«, sprach Mephisto tonlos zu ihr, bevor er ging. Seine schweren Schritte hallten lange durch den Kerker.

Killian sah ihm wütend nach.

»Dafür wirst du sterben«, versprach er Mephisto, dann wandte er sich Emilia und Jacob zu. Die sah Killian inzwischen verzweifelt an.

»Was soll ich tun?«, fragte sie ihn mit leiser Stimme und ihr Gesicht war kalkweiß. Killian kniete sich neben Jacob. Sein Gesicht war fahl, Schweiß glänzte auf seiner Stirn und das Blut lief unaufhörlich aus der tiefen Wunde.

Er würde es nicht überleben, das wusste Killian, doch er fand nicht die richtigen Worte dafür, um es Emilia schonend beizubringen.

»Du kannst ihn retten!«

Mirabells leuchtende Erscheinung schwebte dicht vor Emilias Gesicht.

»Du kannst ihn mit deiner Magie heilen!«, ereiferte sich die Fee und flatterte wild auf und ab. Emilia sah sie verwirrt an.

»Mit ... meiner Magie?«, fragte sie verständnislos und Mirabell flog so dicht an sie heran, dass sie ihre kleinen Hände auf Emilias Nase legen konnte.

»Ja! Emilia, Jacob wird sterben, wenn du es nicht versuchst. Du musst es tun!«

»Danke Mirabell, sehr aufmunternd«, kommentierte Killian knurrend.

Emilias Augen schweiften von Mirabell, zum Halbdämon und zu dem schwerverletzten Jacob.

»Aber ... Aber ich weiß nicht wie!«, hysterisch kamen diese Worte aus Emilias Mund.

»Emilia, du kannst das! Du musst es versuchen. Denk an Jacob und das, was du tun willst. Es wird gelingen. Vertrau mir«, sprach die Fee beruhigend und schenkte ihr ein ehrliches Lächeln.

Emilia schluckte schwer und nickte schließlich. Sie legte ihre Hände auf Jacobs Wunde, der schmerzerfüllt zusammenzuckte und wie ein kleines Kind wimmerte. Sie schloss die Augen und begann sich zu sammeln.

Mirabell und Killian hielten den Atem an. Ihre Gesichtszüge waren angespannt und ihre Augenbrauen zuckten merklich. Lange saß sie so da und die beiden starrten sie an. Dann schrie Jacob jämmerlich auf, sein Körper bäumte sich Emilia entgegen, dann lag er still.

»Nein ...«, flüsterte Mirabell. Tränen schimmerten in ihren grünen Augen.

Doch dann drang ein helles Licht aus Emilias Händen. Es hüllte Jacobs Körper ein und ließ ihn erglühen. Das Licht blendete die Fee und den Halbdämon und sie mussten unweigerlich den Blick senken.

Dann erlosch das Licht, Jacob tat einen tiefen Atemzug und Emilia sank erschöpft gegen die kalte Wand in ihrem Rücken.

»Sie hat es geschafft!«

Mirabell konnte es kaum glauben. Emilia hatte Jacob gerettet! Die Fee wischte sich die Freudentränen aus den Augen, dann flog sie auf Emilia zu und umklammerte ihren Hals.

»Du hast es geschafft!«, jauchzte sie und ihre Augen strahlten. Emilia lächelte schwach.

»Ja ... das habe ich«, erwiderte Emilia, die ihr Augenmerk auf Jacob richtete. Dieser stand langsam auf und betrachtete die Wunde, die Mephisto ihm zugefügt hatte. Sie war weg. Nur das Blut auf seinem Hemd zeugte von der abscheulichen Tat.

»Emilia«, hauchte er und fiel vor ihr auf die Knie, nahm sie in die Arme und drückte sie an sich. Mirabell protestierte, als sie zwischen dem Liebespaar eingequetscht wurde und zappelte wild. Die Fee befreite sich und richtete sich ihr Haar, während sie empört zu Emilia und Jacob sah, die sich gerade leidenschaftlich küssten.

»Du kannst zaubern«, sagte er leise und sein Tonfall klang verwundert.

»Ja. Ich kann zaubern.«

Emilia strich sich ihre dunklen Haare aus dem Gesicht und wandte sich dann an Killian.

»Bist du auch verletzt?«, fragte sie vorsichtig. Der Blick des Halbdämons schien sie zu durchbohren, er machte ihr Angst und eine Gänsehaut schlich über ihren Körper.

»Nein, es ... ich bin in Ordnung«, sagte er langsam. Dann drehte er sich um und sah zur offenen Zellentür.

»Wir sollten fliehen.«

»Mephisto wird damit rechnen«, widersprach Emilia, doch Killian schüttelte den Kopf.

»Nein, wird er nicht.«

Emilia runzelte die Stirn. »Wieso bist du dir da so sicher?«

Killian zuckte mit den Schultern, er stand noch immer mit dem Rücken zu ihr.

»Er wird denken, Jacob ist tot und du wirst voller Gram hier sitzen. Er wird nicht damit rechnen, dass wir fliehen.«

»Killian hat recht, Emilia. Jetzt oder nie«, schaltete sich Jacob ein und nahm sanft Emilias Hand in die seine. Er drückte leicht zu und sie erwiderte diese Geste.

»Gut, in Ordnung. Tun wir‘s.«

9. Kapitel

Emilia schrie wütend auf, als sie auf den harten Boden des Thronsaales geworfen wurde. Dabei schlug sie sich das Kinn auf und Tränen liefen sich in die blutende Wunde.

»Melina ...«, König Albert saß auf seinem Thron und schüttelte verärgert den Kopf.

»Ich heiße Emilia!«, zischte sie wütend. Sie hob den Kopf und funkelte ihren Vater aus dunkelgrünen Augen an.

»Du hast mich schwer enttäuscht, *Emilia.* Weißt du das?«, sprach ihr Vater weiter und erhob sich von seinem Thron. Langsam schritt er die niedrigen Stufen zu ihr hinunter. Emilia wollte sich aufrichten, doch Mephisto packte sie grob im Nacken und stieß sie wieder hinab auf den Boden.

»Du hast also gedacht, du kannst so mir nichts dir nichts verschwinden, ohne dass ich es bemerke? Emilia, ich bin enttäuscht von dir. Dachtest du wirklich, du würdest es bis zum Feenwald schaffen, ohne dass es mir auffällt? Du bist genauso dumm wie deine Mutter.«

Der König war direkt vor ihr stehen geblieben, seine Stiefelspitzen berührten beinahe ihr Gesicht.

Er musste eine Handbewegung gemacht haben, denn Mephisto griff ruppig nach Emilias Arm und zog sie nach oben. Er packte sie so fest, dass sie das Gefühl hatte, er würde ihr gleich alle Knochen brechen.

»Deine Freunde sind zurück in ihrer Zelle. Mephisto hat mir erzählt, dass der Junge eigentlich tot sein sollte, doch siehe da, du scheinst zu deiner Feenmagie gekommen zu sein. Herzlichen Glückwunsch, Emilia.« Dass er ihre Freunde gefangen hatte, war eine glatte Lüge, aber das brauchte sie ja nicht zu wissen.

»Warum lasst Ihr uns nicht einfach gehen? Was habt Ihr davon, wenn Ihr uns hier festhaltet?«, ihre Stimme bebte vor Zorn und sie sog scharf die Luft ein, als Mephisto noch fester zudrückte.

Albert lachte auf. Tief sah er ihr in die Augen.

»Du weißt es nicht? Hat Veronica dir das nicht erzählt?«, die Stimme ihres Vaters wurde einige Grade kälter.

»Wenn du stirbst, Emilia, wird auch der Feenwald zugrunde gehen – für immer.«

Der Prinzessin kam es vor, als pumpte ihr Herz Eis statt Blut durch ihre Adern. Kurz wurde ihr schwarz vor Augen, doch sie riss sich zusammen. Vor ihrem grausamen Erzeuger wollte sie keine Schwäche zeigen.

»In drei Tagen ist Vollmond, Emilia. Dann wirst

du geopfert werden und zusammen mit dir, wird die Magie sterben. Und die Feen.«

Emilia spuckte ihm ins Gesicht.

»Ich hasse Euch!«, schrie sie ihm entgegen und spürte den Schmerz seines Schlages kaum, der sie ihm Gesicht traf. Alles in ihr starb in diesem Moment, als ihr klar wurde, dass sie versagt hatte.

»Bring sie in den Kerker, ich will sie bis zu ihrem Tod nicht mehr sehen!«, befahl Albert Mephisto, der dem Wunsch seines Herrn ohne Widerworte nachkam.

*

Mirabell blickte sich vorsichtig um. Die Dunkelheit behagte ihr nicht. Das Licht des Waldes war schwächer geworden, seit sie aufgebrochen war. Kein gutes Zeichen. Der Wald starb mehr und mehr. Mirabell sah es auch an den Blumen und Bäumen, die welk und verdorrt waren.

Ihr wurde schwer ums Herz. Nur mit knapper Not war sie entkommen und hatte Emilia, Killian und Jacob ihrem Schicksal überlassen müssen. Killian hatte sich geirrt: Kaum hatten sie die Stadtmauern verlassen, waren sie gekommen. Mephisto und seine dunklen Reiter, und sie hatten sich regelrecht auf die drei gestürzt.

Mirabell hingegen hatte sich feige unsichtbar gezaubert und war davongeflogen, ohne zurückzublicken.

Nein! Sie durfte den Kopf nicht hängen lassen! Sie war in den Wald gekommen, um ihre Schwester zu suchen. Kirabell wusste sicher, was zu tun war.

Mirabell flog weiter, tiefer hinein in den Wald, der nun langsam etwas heller wurde. Hier und da sah sie Pflanzen, die in voller Blüte standen, Bäume, die ihre dichtes, grünes Blätterkleid noch trugen. Ihr Herz machte einen Satz. Bald würde sie die kleine Feensiedlung erreichen...

»Halt!«

Mitten im Flug zu bremsen war eine Kunst, die Mirabell nicht sonderlich beherrschte. Sie krachte gegen einen niedrigen Ast und fiel rücklings hinab in das halbverdorrte Gras.

»Kannst du nicht aufpassen! Hast du etwa im Flugunterricht geschlafen!? Was hat man dir über das Rasen zur baldigen Abendstunde beigebracht?«

Mirabell fasste sich stöhnend an den Kopf. Eine Fee schwebte über ihr, die kleinen Hände in die dürren Hüften gestemmt. Ihr langes, rotblondes Haar stand wild vom Kopf ab und ihre dunkelgrünen Augen sahen finster drein. Sie trug ein Kleid, dessen Farbe zu ihren Haaren passte.

»Erabell ...«, begann Mirabell, doch die andere Fee unterbrach sie barsch:

»Du wärst fast in mich reingeflogen, du blinde

Fliege! Weißt du, wie lange ich heute mit meinen Haaren gebraucht habe?!«

»Sieht trotzdem aus, als hätte darin eine Milbe genistet«, lästerte Mirabell und rappelte sich wieder in die Luft.

»Pff!«

»Wo ist Kirabell? Ich muss sofort zu ihr!«

»Die? Die ist am See, wie üblich ... hey!«

Mirabell zischte an Erabell vorbei, Richtung Osten, wo der See lag.

Schon von weitem rief sie den Namen ihrer Schwester. Bald begannen sich die Bäume zu lichten und gaben den Blick auf eine malerische Kulisse frei.

In der Mitte des Waldes lag ein türkisfarbener See. Die Flora an seinen Ufern gedieh prächtig und überall summten Bienen. Weiße, edle Schwäne schwammen im Wasser und genossen die Schönheit.

»Kirabell!«, schrie Mirabell, als sie ihre Schwester sah. Sie saß auf einem Stein, der aus dem Wasser ragte, nicht weit vom Ufer,

Kirabell drehte sich um, ihr silbernes Haar war zu einem lockeren Zopf geflochten und die grünen Augen sahen ihre Schwester verblüfft an.

»Mirabell ... was ist passiert?«, fragte Kirabell, als sie den besorgten Ausdruck in dem Gesicht ihrer Schwester sah. Sie wusste genau, dass etwas nicht stimmte.

»Wo ist die Erbin?«, fügte Kirabell noch hinzu und als Mirabell in ihre ausgebreiteten Arme flog und sich an sie drückte, überkam sie der Redeschwall. Sie erzählte der Schwester alles, was in den letzten Tagen passiert war und ihr Herz fühlte sich schon bald um einiges leichter an.

Kirabell und sie saßen inzwischen beide auf dem Stein und lauschten dem ruhigen Wasser.

»Wir müssen ihnen helfen«, Kirabells Stimme klang entschlossen und sie ballte leicht die Hände.

»Ja, das werden wir. Aber ...!« Mirabell brach ab, als sie das laute Knacksen von Ästen hörte.

»Oh nein«, flüsterte sie, doch was dann passierte, hatte sie definitiv nicht erwartet. Killian und Jacob stolperten regelrecht ans Ufer und ließen sich bäuchlings fallen.

Die Schwestern starrten die beiden Männer an.

»Was ...?«

»Verdammt nochmal, Killian! Kannst du dich das nächste Mal bitte besser konzentrieren?«, schimpfte Jacob.

Killian knurrte. »Ach halt die Klappe! Das nächste Mal benutz doch *du* deine Magie. Ach ja, ganz vergessen! Du hast ja keine!«, ereiferte sich der Halbdämon.

»Ähm ... was soll das?«, Mirabells Stimme war ungewohnt leise. Sie war noch immer perplex.

»Wieso seid ihr beide nicht im Kerker? Warum ...?«

Killian seufzte tief. »Du hast uns gerettet, erinnerst du dich nicht?«, fragte er die Fee, doch Mirabell schüttelte nur den Kopf.

»Du hast dich unsichtbar gemacht, richtig? Und dabei musst du wohl etwas von deiner Kraft auf uns übertragen haben. Wir waren im gleichen Moment verschwunden wie du«, erklärte ihr Killian.

Mirabell und Kirabell starrten die beiden an.

»Das .... das muss ich jetzt nicht verstehen, oder? Warum ist Emilia nicht hier und dafür ... ihr beide?«, brachte Mirabell verzweifelt hervor.

»Ihre Magie wird sie vor deinem Zauber geschützt haben«, sagte ihre Schwester und musterte die beiden ungleichen Männer.

»Es kommt nicht selten vor, dass wir Menschen mit unserer Magie berühren und sie der Zauber ebenfalls trifft. Du musst ... du hast in deiner Angst wohl unbewusst gehandelt.«

Mirabell sah zwischen ihr und den beiden jungen Männern hin und her.

»Ich ... ich habe sie also unbewusst unsichtbar gemacht?«, schlussfolgerte sie und ihre Schwester nickte.

»Ja.«

Mirabell raufte sich die Haare. »Das ist doch zum Blattläuse melken!«, schrie sie laut.

»Und wieso verdammt nochmal hast du nicht gesagt, dass du Magie beherrschst?«, warf sie dem Halbdämon vor, der nur die Augenbrauen hochzog.

»Ich kann nur Feuer machen und solche Späßchen, nichts Besonderes«, war die nüchterne Antwort.

»Wir sollten uns einen Schlachtplan überlegen«, übernahm Kirabell das Kommando. Sie erhob sich in die Luft.

»Wir werden Emilia befreien und zusammen das tun, was wir schon längst hätten tun sollen: uns verteidigen und den König stürzen!«

10. Kapitel

Killian saß am Ufer des Sees. Seine gelben Augen streiften unruhig über das Wasser. Die Nacht hatte den Feenwald umhüllt und überall schwirrten Glühwürmchen durch das Geäst. Zusammen mit den Feen, die ihre Flügel in der Nacht erleuchteten, schien es so, als würden sie durch die Nacht tanzen.

»Hier bist du.«

Es war Kirabells sanfte Stimme, die ihn erschrecken ließ. Die Fee schwebte neben ihn und ihre Flügel strahlten in einem sanften Silber.

»Kannst du nicht schlafen?«, fragte sie ihn neugierig und Killian seufzte.

»Nein. Außerdem schnarcht Jacob.«

Kirabell kicherte. »Du fühlst dich hier nicht wohl. Ich sehe es dir an.«

»Ja. Ich mag ... keine Orte mit Magie«, gestand Killian und senkte leicht den Blick.

»Aber du kannst doch selbst Magie wirken. Wieso gefällt es dir hier nicht? Alle Wesen mit einem Funken Magie, fühlen sich hier wie zu Hause«, wollte Kirabell wissen und machte eine ausholende Geste.

»Ich nicht. Das war noch nie so. Ich ...«, Killian seufzte tief und biss sich auf die Unterlippe. Er presste die Fingernägel in seine Handinnenflächen, »ich rede nicht gerne darüber.«

Kirabell schwebte auf sein rechtes Knie herab und setzte sich dort im Schneidersitz. »Erzähl es mir, bitte«, sagte sie und blickte den Halbdämon fest an.

Killian seufzte erneut. Seine Augen schweiften zurück auf den ruhigen See.

»Ich wuchs in einer Dämonenhöhle auf, tief unter der Erde. Meine Mutter ist eine Dämonin, mein Vater hingegen war ein ganz einfacher Bauer, er starb vor neun Jahren. Sooft ich konnte, besuchte ich ihn, denn er wohnte nicht weit entfernt von unserer Höhle. Ich fühlte mich in seinem Haus, wie sich ein Kind fühlen sollte: geborgen. Das war mein Zuhause und nicht dieses Loch unter der Erde.

Doch meine Mutter wollte das nicht hören. Mehr als einmal holte sie mich zurück und versuchte, mich in Magie zu unterrichten. Ich hasste es. Sie sperrte mich ein und zwang mich, den dunkeln Lehren zu folgen. Meinen Vater sah ich immer seltener. Dann starb er und am Tag seiner Beerdigung lief ich fort. So weit fort, dass ich bis heute nicht weiß, welche Länder ich durchquert habe. Irgendwann fand ich einen Ort, an dem ich bleiben wollte und seitdem bin ich hier, in diesem Land. Ich habe nie wieder etwas von meiner Mutter oder anderen Dämonen gehört.«

Kirabell legte nachdenklich den Kopf schief.

»Warum bist du nicht bei deinem Vater geblieben? Deine Mutter hätte sehen müssen, dass es dir bei ihm besser geht.«

»Dämonen sind eigen, besonders Dämoninnen. Mein Vater wusste nicht, dass sie eine ist, als er sich auf sie einließ. Wir können unser Aussehen verändern, wenn wir wollen. Du musst wissen, dass es in meiner Heimat verboten ist, sich als Sterblicher mit einem Dämon zu paaren. Doch Dämonen können nur selten untereinander Kinder bekommen und so greifen wir oft zu dieser List.

Mein Vater hätte mich trotz alledem aufgenommen. Ich war sein Sohn, egal welches Blut in mir dominierte. Doch meine Mutter wollte es nicht. Sie hatte nur einen Erzeuger für ihren Sohn gebraucht, das war alles. Dämonen sind kein Volk, das nach der großen Liebe strebt«, erwiderte er mit einem schiefen Lächeln.

Kirabell sah ihn traurig an. »Das ist schade. Du bist ... ganz anders. Gut, ich habe noch nie einen Dämon getroffen, aber du wirkst nicht wie einer. Du bist nicht so ... böse«, versuchte Kirabell die richtigen Worte zu finden.

»Danke, ich werte das mal als Kompliment.«

»Weißt du, Magie ist nicht nur böse, Killian. Klar, es gibt schwarze und weiße Magie, aber im Grunde sucht die Magie nur die aus, die rein im Herzen sind.

Und du, Killian, bist ein guter Dämon. Habe keine Angst vor der Magie in dir. Du hast gelernt sie zu beherrschen.«

»Wieso sagst du so etwas zu mir?«, der Halbdämon sah sie verwundert an.

Kirabell lächelte. Sie erhob sich von seinem Knie und schwebte nun direkt vor seiner Nase.

»Ich bin die Hüterin des Feenwalds. Solange Emilia ihren Platz nicht eingenommen hat, bin ich für die Magie hier verantwortlich. Ich kann spüren, dass sie bei dir nicht böse ist. Und niemand zwingt dich, sie je zu benutzen. Aber du kannst mir auch auf anderer Weise helfen.«

Er horchte auf. »Helfen? Wie?«

»Emilia ist deine Freundin und ich weiß, dass nur du sie retten kannst. Du bist der einzige, der weiß, was zu tun ist.«

*

»Sie sind unauffindbar.«

Emilia horchte auf. Sie lag im Stroh, hatte die Knie angezogen und lehnte mit dem Rücken an der eiskalten Steinwand. Die Kälte kroch durch ihre Glieder und ließ sie zittern. Ihr Kleid war von Blut verdreckt und der kurze Aufenthalt im Kerker, hatte es hier und da zerrissen.

Sie biss sich auf die Unterlippe und tat so, als würde sie vor sich hindösen. Sie wollte nicht, dass das Gespräch abbrach, wenn man bemerkte, dass sie wach war.

»Wie?«, Mephistos dunkle Stimme bescherte ihr eine Gänsehaut.

»Ich ... ich weiß es nicht. Wir haben alles abgesucht, aber sie sind wie vom Erdboden verschluckt. Einfach so ... ich ... AH!« Die Stimme brach ab und ein hoher Schrei hallte durch den Kerker. Emilia hörte das Schaben eines Schwertes, dann ein Gurgeln und das Aufprallen von Eisen auf Stein.

»Räum ihn weg, Gerald. Und wenn die kleine Prinzessin auf die Idee kommt, zu verschwinden, bist du der Nächste. Verstanden?«, drohte der dunkle Ritter und Emilia hörte nur ein gestammeltes *Ja*.

Mephistos Schritte näherten sich Emilias Zelle.

»Und? Habt Ihr Euch schon eingelebt?«, fragte er mit lauter Stimme.

Emilia schwieg.

»Wisst Ihr, dass Eure beiden Freunde abgehauen sind und Euch zurückgelassen haben? Traurig aber wahr, Ihr werdet alleine sterben. Aber dann habt Ihr mehr Platz auf dem Scheiterhaufen, ist das nicht etwas?«, sprach er weiter.

Emilia funkelte ihn zornig an.

»Habt Ihr nichts Besseres zu tun, als mir Gesellschaft zu leisten? Die Ratten sind mir lieber als Ihr«, erwiderte sie kalt.

»Euer Humor ist nicht verlorengegangen, Emilia«, konterte er lachend und ihr stieg die Zornesröte ins Gesicht.

»Kann ich nicht die letzten zwei Tage alleine verbringen, wenn ich Euch schon in der Stunde meines Todes gegenüberstehe?«, fragte sie bissig.

»Wollt Ihr nicht wissen, was Euer Vater nach Eurem Tod mit dem Wald vorhat?«, stellte er die Gegenfrage und grinste böse.

»Nein«, entschied Emilia doch Mephisto winkte ab.

»Ach! Ich erzähle es Euch dennoch. Euer Vater wird den Wald niederbrennen, danach alles roden lassen und dort eine Festung erbauen, die größte in allen Ländern. Klingt das nicht spannend? Dort werden dann die besten Soldaten ausgebildet, die dann in den nächsten Jahren die umliegenden Länder erobern werden. Der König möchte sein Reich erweitern und Ihr helft ihm dabei, mit Eurem Tod! Ist das nicht wunderbar?«, fuhr er fort und Emilia wurde übel bei dem fanatischen Unterton, in seiner Stimme.

Er war eindeutig wahnsinnig, aber das hatte sie sich vorher schon gedacht.

»Ich weiß nicht, was ich dazu sagen soll«, erwiderte Emilia trocken und schluckte.

Mephisto nickte.

»Nun, das habe ich mir schon gedacht. Ihr solltet

Euch freuen, damit bezweckt Ihr mehr, als es Eure Magie je könnte.«

Die Wut staute sich in Emilia an und sie spürte, wie ihre Fingerspitzen kribbelten. Die Magie in ihr sammelte sich und suchte einen Weg, um zu entkommen.

»Ach, denkt Ihr?«, Emilias Stimme klang lauernd und ein bösartiges Lächeln schlich sich auf ihre Züge. Mephisto wirkte darüber irritiert und blinzelte.

»Was ...?!«

Emilia richtete sich auf, ihre Fingerspitzen sprühten goldene Funken und ihre dunkelgrünen Augen leuchteten auf.

»Nein ...«

Er wich von der Zelle zurück, als Emilia direkt vor ihm stand. Ein unheimliches Licht, das ihre Gestalt umschmeichelte, ging von ihr aus. Als sie die rechte Hand ausstreckte, um die Gitterstäbe zu umfassen, passierte es.

Die magische Entladung prallte an dem Gitter ab, schlug Emilia entgegen und warf sie hart gegen die Wand. Emilia stöhnte auf und erschrak, als sie das warme Blut an ihrem Hinterkopf spürte.

Mephisto starrte sie an, fing sich jedoch bald wieder und trat mit seinem raubeinigen Grinsen vor die Zelle.

»Ach? Wusstet Ihr das nicht? Diese Zellen sind

magisch versiegelt. Magie kann hier nicht hinaus. Genial, oder?«

Emilia atmete schwer und hatte Mühe, sich an der Wand entlang hoch zu tasten. Sie zitterte wie Espenlaub und der Schock saß ihr tief in den Knochen. Das Blut lief ihr inzwischen warm den Rücken hinunter.

»Ich schwöre Euch, das werdet Ihr noch bereuen.«

»Und? Wie wollt Ihr das bewerkstelligen? Öffnet Eure Augen, Prinzessin: Ihr seid am Ende. Erfreut Euch noch an den letzten Stunden Eures Lebens.« Mephisto lachte auf und der grässliche Laut hallte an den Wänden wieder.

Der dunkle Ritter drehte sich um und ging. Emilia stürzte bäuchlings zu Boden und alles vor ihren Augen wurde schwarz.

11. Kapitel

Panische Angst war in Emilias Augen zu lesen. Mitten auf dem Vorhof des Schlosses stand der Scheiterhaufen, der für Emilia bestimmt war.

»Nein«, flüsterte sie und begann sich in dem Griff der beiden Männer zu winden wie ein Aal.

»Nein!«

»Seid still!« Mephistos Griff um ihren Arm verstärkte sich, während der zweite Soldat ihm einen unsicheren Blick zuwarf.

Emilia hatte zu Anfang schon bemerkt, dass er nicht so recht wusste, was seine Aufgabe war. Er hatte ihr immer das Essen gebracht, doch hatte er ihr nie in die Augen gesehen, geschweige denn das Wort an sie gerichtet.

Sie wusste nur, dass er Zay hieß, was sie von den anderen Wachen aufgeschnappt hatte. Zay wirkte nicht älter als sie selbst. Er war schmächtig, die Soldatenkluft war ihm zwei Nummern zu groß und das Schwert, das er trug, hatte auch schon bessere Tage gesehen. Bestimmt war es ein Erbstück, schätzte Emilia. Sie warf ihm einen Blick aus den Augenwinkeln zu. Sie bemerkte den leichten Schweißfilm auf seinem bleichen Gesicht. Emilia biss sich auf die Unterlippe, sie hatte nur einen einzigen Versuch.

Mephisto stieß sie grob in Zays Arme, der sie zwar packte, aber bei weitem nicht so stark war wie der Rittermeister. So hielt er sie nur halbherzig fest.

Emilia starrte auf den kalten, verlassenen Burghof. Niemand war zu sehen, aber sie wusste, das würde sich ändern. Der Mond war schon fortgeschritten am schwarzen Himmelszelt zu sehen und sie bemerkte das Kerzenlicht, das hinter den Vorhängen des Königszimmers leuchtete.

»Zay, bitte. Hilf mir!«, bat sie den jungen Soldaten leise und der erstarrte, als er seine Namen vernahm. »Bitte! Lass mich laufen! Du weißt, dass es falsch ist, was sie mit mir tun wollen. Ich bitte dich, lass mich frei!«

»Ich ... ich ...«, begann er zu stammeln und Emilia bemerkte, dass sein Griff sich etwas lockerte. Sie konnte ihre Arme bewegen und drehte sich leicht zu ihm um. Was sie in seinen hellbraunen Augen sah, erschreckte sie. Sie musste furchtbar aussehen, denn so wie er sie ansah, sah man nur Verrückte an.

»Bitte ...«, versuchte sie mit lieblicher Stimme, während Mephisto auf einen Mann einredete, der wohl für das Entzünden des Scheiterhaufens zuständig war.

Plötzlich ließ der Junge sich zu Boden fallen und

begann laut zu schreien. Emilia überlegte nicht lange und rannte davon.

Sie hörte Mephisto Befehle rufen, doch sie achtete nicht darauf, ob sie ausgeführt wurden. Emilia rannte und die Panik in ihrem Inneren trieb sie an. Ihr Herz schlug schmerzhaft gegen ihre Brust und sie befürchtet fast, dass es zerspringen würde. Doch ein Schlag aus dem Hinterhalt unterbrach ihre Flucht. Mit einem schmerzerfüllten Aufschrei schlug sie auf dem harten Steinboden auf und Schmerz schoss ihr durch die Glieder.

Jemand packte sie grob im Nacken und zog sie mit einem Ruck nach oben.

»Du Miststück! Du hast doch nicht wirklich geglaubt, dass du so einfach davonkommst!«, zischte ihr Mephisto ins Gesicht. Seine Miene war hasserfüllt. Emilia spuckte ihn an. Der Ritter atmete tief ein und wischte sich mit dem Handrücken den Speichel aus seinem Gesicht.

»Wärest du in den nächsten Stunden nicht sowieso zum Tode verurteilt, hätte ich dich jetzt getötet«, offenbarte er ihr mit einem Grinsen, das Emilia Gänsehaut bescherte. Sie wusste, dass es die Wahrheit war.

»Ich bete dafür, dass Ihr in der Hölle landet«, fluchte sie, als der Schmerz in ihrem Kopf zunahm.

Übelkeit stieg in ihr auf. Der harte Aufprall betäubte ihre Sinne.

»Vielleicht geht Euer Wunsch ja in Erfüllung, Prinzessin!«, erwiderte er kalt und zog sie unbarmherzig zurück auf den Burghof. Emilia riss erschrocken die Augen auf, als sie Zays blutüberströmten Leichnam sah. Ihr Magen begann zu brodeln und sie musste sich die freie Hand vorhalten. Rasch wandte Emilia den Blick ab, doch der beißende Geruch nach Eisen umschwebte sie.

»Ihr könnt Euch ja beim ihm entschuldigen, wenn Ihr auf der anderen Seite seid«, hörte sie Mephisto hämisch sagen, bevor die Dunkelheit sie übermannte.

Ein beißender Geruch erweckte Emilia aus ihrem Schlaf. Sie hob den Kopf, öffnete langsam die schweren Augenlider und starrte auf eine Reihe von gerüsteten Männern, die vor ihr standen.

Emilia war an den Scheiterhaufen gefesselt und zwei Männer standen mit brennenden Fackeln vor ihr. Panik überrollte sie und Emilia begann, sich an dem Pfahl zu winden, an den ihre Fesseln gebunden waren.

»Nein!«, schrie sie und ihr Blick heftete sich auf ihren Vater. Er stand etwas abseits von den Männern mit den Fackeln, Mephisto stand neben ihm. »Das kannst du nicht machen!«

»Doch, das kann ich. Du siehst es doch«, erwiderte ihr Vater kalt.

Er hatte die Arme vor der Brust verschränkt und wirkte siegessicher.

»Weißt du, ich will dir wenigstens sagen, wofür du stirbst, meine Tochter«, begann er und grinste wölfisch. »In dir fließt das Blut der letzten Hüterin der Feen, genau genommen das Blut der letzten Fee. Die anderen Feen sind nur Abbilder der Magie, die im Feenwald herrscht. Es gibt genaugenommen keine Feen mehr – mit einer Ausnahme: dir. Doch das hat sich jetzt dann bald erledigt. Aber wieso du sterben musst, Emilia, hat folgenden Grund«, er trat so nah an seine Tochter heran, wie es der Scheiterhaufen zuließ. In seinem Gesicht war nichts als Hass zu lesen. »Wenn du stirbst, stirbt auch der Feenwald. Alles Magische darin wird verenden und dann gehört das Stück Land, das ich zerstören werde, mir! Ich werde alles niederbrennen und nichts wird mehr vom Erbe deiner Mutter übrigbleiben!«

»Wieso tust du das? Wieso hasst du alles Magische – wieso hasst du mich? Und warum hast du Mutter getötet? Sie war deine Ehefrau, sie hat dich geliebt! Und du hast sie getötet, warum Vater?«

Emilia konnte selbst kaum glauben, wie klar und gefasst ihre Stimme klang, als sie ihren Vater dies fragte. Seine Mimik entgleiste. Er wirkte überrascht.

»Mylord ... sie versucht nur Zeit zu schinden«, sagte Mephisto und blickte Emilia verächtlich an.

»Verbrennt sie!«

»Nein!«, schrie Emilia aus Leibeskräften und sah dabei ihren Vater an. »Es muss einen anderen Weg geben, Vater!«

Doch der König dreht sich um und nickte den Männern zu, damit sie begannen.

»Du bist widerwärtig! Ich kann nicht verstehen, wieso Mutter dich je geliebt hat!«

Albert blieb stehen. Langsam drehte er sich zu ihr um, sein Blick vor Hass verzerrt. »Du bist genauso abartig wie Luisa«, sprach ihr Vater, dann wandte er sich ab und Emilia wusste, diesen Mann würde sie auf ewig hassen.

Die beiden Männer mit den Fackeln traten näher, senkten sie und wollten die ersten Scheite entzünden, als ein plötzlicher, hoher Pfeifton erklang. Die Menge schrie auf und hielt sich die Ohren zu, dabei ließen die Männer die Fackeln fallen, die auf dem Boden des Hofes landeten und ausgingen.

»Was soll das?!«, schimpfte Mephisto, der schmerzerfüllt das Gesicht verzog und auch Emilia litt unter diesem hohen Ton, der schrill in ihrem Kopf widerhallte. Dann ebbte der Ton ab, doch nur für sie. Emilia hörte alles nur noch, wie durch eine Schicht Watte. Verwundert sah sie sich um. Alle lagen auf dem Boden und litten unter dem schrillen Ton.

»Wir haben nicht viel Zeit!« Mirabells Lichtpunkt hüpfte vor ihr auf und ab.

»Mirabell!«, rief Emilia den Namen der Fee, die um sie herumschwirrte, wie eine lästige Fliege.

»Jetzt komm schon!«, sprach die Fee vorbei an Emilia und die erschrak, als sie eine scharfe Klinge an ihrem Handgelenk spürte und der Druck der Fesseln sich löste. Emilia fiel unbeholfen auf den Scheiterhaufen und wurde im nächsten Moment von einer starken Hand nach oben gezogen.

»Bist du verletzt?«

»Jacob!« Emilias Herz machte einen gewaltigen Satz, als sie seine Stimme vernahm. Sie drehte sich um und sah in seine liebevollen, dunkelblauen Augen. Tränen stiegen in ihr hoch, als sie ihm um den Hals fiel und sich fest an ihn drückte.

»Hey! Dafür haben wir nun wirklich keine Zeit!«, wetterte Mirabell die mit ihren kleinen Fäusten auf Emilias Kopf hämmerte. »Wir müssen verschwinden, bevor die anderen Feen keine Kraft mehr haben!«

Jacob nahm Emilia bei der Hand und sie rannten los, gefolgt von Killian, vorbei an den kämpfenden Männern, die versuchten sich gegen die Fabelwesen zu behaupten. Doch wie aus dem Nichts, baute sich Mephisto drohend vor ihnen auf. Er atmete schwer, sein Kopf war hochrot und das Schwert in seiner Hand zitterte unkontrolliert. »Dafür werdet ihr bezahlen!«, raunte er wütend und begab sich in Angriffsstellung.

Jacob und Killian taten es ihm gleich. Der Halbdämon warf seinen Freunden einen Schulterblick zu. »Jacob, verschwinde mit Emilia! Ich erledige das!«

»Nein! Wir werden dich nicht zurücklassen!«, warf die Hüterin panisch ein, doch Killian blickte fest zu Jacob, der nur kurz nickte.

»In Ordnung.« Er steckte sein Schwert weg und umfasste Emilias rechten Unterarm.

»Nein!«, sie versuchte sich aus Jacobs Griff zu winden, doch er war stärker.

»Emilia, wir müssen gehen. Verstehst du? Wir haben keine andere Wahl! Du musst überleben – du musst zum Feenwald und deiner Aufgabe nachkommen«, redete er ihr gut zu und Emilia entging nicht, wie er gehetzt hin und her blickte. Überall im Schloss lagen tote Soldaten und Fabelwesen, weiteres Kampfgeschrei war überall zu vernehmen.

»Geht! Mir passiert schon nichts!«, Killian versuchte ein aufrichtiges Lächeln zustande zu bringen, doch es misslang.

»Hier spielt die Musik, du Missgeburt!«, Mephistos zornige Stimme hallte durch den Gang, in dem sie sich befanden. Killian wandte sich von Emilia und Jacob ab. Jacob seufzte tief, dann drehte er sich um, um mit Emilia zu fliehen, doch die blieb wie festgewachsen stehen. Ihre Augen waren feucht vor Trauer.

»Killian!«, rief sie laut und ein letztes Mal blickte der Freund zu ihr. »Ich danke dir für alles, Killian. Ich werde dich nie vergessen.«

»Weißt du, wie du mich glücklich machen kannst?«, rief Killian ihr zu und grinste sein typisches Grinsen. »Wenn ich sterbe, dann lass eine Statue von mir bauen.«

Emilia verkniff sich ein Schmunzeln. Ja, das war Killian ... eingebildet bis zum Schluss. Sie nickte. »Ich verspreche es dir.« Die beiden sahen sich ein letztes Mal in die Augen, dann ging Emilia mit Jacob. Dorthin, wo der Feenwald lag.

Killian wartete, bis die Schritte der beiden verstummten. Dann fixierte er Mephisto. Der Ritter des Königs bleckte die Zähne wie ein Wolf. »Na komm, Dämon. Spielen wir ein wenig.« Dann griff er an.

Killian duckte sich unter dem ersten Schlag hindurch und schaffte es gerade noch, die Schwertklinge zu parieren. Er ächzte, als die Kraft seines Gegenübers ihn zu Boden drückte. Doch er konnte nichts dagegen machen. Der Krieger war viel stärker als er, doch Killian wusste, dass er der Klügere von ihnen beiden war. Er würde gewinnen, auch wenn das hieß, zu sterben.

»Du bist schwach, Dämonenbrut. Wie alles, das von deinesgleichen geschaffen worden ist«, reizte ihn der dunkle Ritter und Killian wagte einen direkten Angriff. Sein Schwert glitt über den Brustharnisch und das schabende Geräusch stellte ihm die Nackenhärchen auf.

»Und ihr seid verdorben!«

Mephisto zielte mit seiner Klinge auf Killians linken Arm und das Metall fuhr in sein Fleisch. Er schrie auf, als das Blut hervorquoll und ihm der Schmerz kurz die Sinne raubte. Sein Gegenüber lachte kehlig auf.

»Große Klappe und nichts dahinter. Typisch Dämon«, lachte Mephisto auf. Killian biss die Zähne zusammen, ignorierte den Schmerz und griff erneut an. Auch dieses Mal traf er nur die Rüstung, während der Ritter ihn erneut mit seiner Waffe verletzte.

Der Dämon atmete schwer, die Verletzungen waren inzwischen zahlreich und das Blut bildete kleine Pfützen auf dem Boden. Er wusste, er hatte nur noch eine einzige Chance und diese würde seinen Tod bedeuten. Doch er musste es versuchen.

Er nahm all seinen Mut zusammen, rollte sich rückwärts ab, wobei ihm der Schmerz durch die Glieder fuhr und er damit kämpfen musste, nicht ohnmächtig zu werden. Mephisto rannte ihm nach, doch er war mit seiner schweren Montur langsamer als der Halbdämon.

Killian sprang auf einen hohen Stapel Kisten, packte sein Schwert fester und sprang auf Mephisto zu. Die Klinge zielte auf seinen Hals, der ungeschützt war. Der Ritter wollte ausweichen, stolperte jedoch über ein liegendes Brett auf dem Boden und Killians Schwert trennte ihm den Kopf von den Schultern.

Der Dämon fiel auf den Boden, wo er schwerkeuchend liegen blieb. Sein Atem ging schwer, der Rauch trieb ihm die Tränen in die Augen und er wusste, es war vorbei. Mephisto war tot, und er würde ebenfalls ins Jenseits übergehen.

Er drehte sich auf den Rücken, sah hinauf in den Nachthimmel und spürte das Blut, das aus ihm herausfloss. Als eine Sternschnuppe am nachtschwarzen Himmel vorbeizog, lächelte er. Dann glitt sein Blick ins Leere.

*

Emilia blieb stehen. Eine Kälte hatte von ihrer Brust Besitz ergriffen und aus einem Impuls heraus, blickte sie nach oben. Sie sah die glühende Sternschnuppe. Tränen traten ihr in die Augen und sie schluckte schwer.

»Was ist?«, Jacob war stehen geblieben und sah seine Geliebte gehetzt an.

»Er ist tot«, wisperte sie und schluchzte.

Jacob ging auf sie zu und nahm sie in die Arme.

»Er hat es für dich getan, Emilia. Denke immer daran, was für ein treuer Freund er dir gewesen ist.« Er strich ihr über den Kopf und drückte ihr einen Kuss auf den Haaransatz.

Dann nahm er ihre Hand und zog sie mit sich, hinein in den Feenwald.

12. Kapitel

»Willkommen Emilia. Die letzte Fee.«

Die Stimme erweckte sie aus dem unruhigen Schlaf und als sie die Augen aufschlug, bemerkte sie das diffuse Licht, das um sie herum herrschte. Das Sonnenlicht drang kaum durch die dichten Blätter. Das ungewöhnliche Licht stammte von den fliegenden Lichtpunkten: Feen.

Emilia war hellwach und richtete sich auf. »Seid vorsichtig«, warnte sie die dünne, hohe Stimme und Emilia fasste sich an den Kopf, als sie die stechenden Schmerzen fühlte.

»Wo bin ich?«, murrte Emilia und prompt wurde geantwortet: »Im Feenwald!«

»Ist es immer so dunkel hier?«

»Ziemlich. Das einzige Licht ist unsere Magie«, erklärte ihr die dünne Stimme erneut und ein Lichtpunkt flog in ihr Blickfeld. Das kleine Wesen hatte silbernes, zu einem Zopf geflochtenes Haar und die tannengrünen Augen sahen sie freudig an.

»Ich bin Kirabell, die Schwester der nervigen kleinen Mirabell, mit der du die erste Bekanntschaft aus unserem Volk gemacht hast. Glaube mir, wir sind nicht alle so ... laut.«

»Wirklich?«, Jacobs amüsiertes Lachen erklang und Emilia wurde leicht ums Herz. Sie sprang auf und fiel ihm um den Hals. »Jacob!«

Der Geliebte erwiderte die Umarmung und drückte sie fest an sich.

»Alles ist gut, Emilia«, flüsterte er und küsste ihr die Tränen von der Wange. Er strich ihr einige wirre Strähnen aus der Stirn.

»Ich hätte wissen müssen, dass du mich nicht aufgibst«, säuselte er und Emilia versank in seinen dunkelblauen Augen. Sie küsste ihn und der junge Mann erwiderte die leidenschaftliche Geste.

»Ähm ... ich will ja nicht stören, aber wir haben etwas zu besprechen«, mischte sich Kirabell ein und eine zarte Röte war auf ihren Wangen zu erkennen.

Emilia nickte, doch sie ließ Jacob nicht los, als die Fee begann: »Du weißt, Emilia, was dein Schicksal ist. Du bist die letzte Fee, die letzte Hüterin. Deine Aufgabe ist es, den Feenwald wieder erblühen zu lassen, mit deiner Magie.«

»Und wie? Ich habe meine Magie noch nie genutzt.«

Kirabell lächelte.

»Folge mir, Emilia.«

Die Fee wandte sich ab und flog vorwärts. Emilia und Jacob sahen sich kurz an, dann folgten sie ihr durch den Wald. Emilia faszinierte der Forst. So hatte sie sich den Wald eines Märchens immer vorgestellt: krumm wachsende Bäume, viele Sträucher, Efeu und Blumen. Doch an allem hing dieser dunkle Schleier, der das Lebenslicht der Pflanzen zu schlucken zu schien.

»Das ist der Fluch, wenn die Hüterin den Wald verlässt, Emilia. Alles Licht wird absorbiert und nichts als Dunkelheit bleibt zurück. Wir Feen haben viel unserer eigenen Magie in den Verfall geleitet, um ihn hinauszuzögern. Doch wir sind am Ende unserer Kräfte; lange können wir das Sterben nicht mehr zurückhalten.«

Kirabells Stimme klang traurig und sie lächelte melancholisch. »Nur du kannst uns noch retten.«

Der See, der sich vor ihnen zeigte, glitzerte ozeanblau. Seerosen schwammen über die spiegelklare Oberfläche. Ein schwacher Wind kam auf und bescherte Emilia eine Gänsehaut. »Steig in den See«, forderte Kirabell sie auf.

Emilia nickte und wollte ihrer Aufforderung nachgehen, doch Jacob ergriff ihre Hand.

»Keine Sorge, mir wird nichts passieren«, versprach sie ihm und lächelte. Jacob zog sie an sich und küsste sie. »Ich will dich nicht noch einmal verlieren«, flüsterte er und strich über ihre Wangen. Seine Augen waren voller Angst.

»Du hast mein Wort, Jacob. Emilia wird rein gar nichts geschehen!«, redete die Fee ihm gut zu und nur widerwillig ließ Jacob Emilia gehen.

Sie schenkte ihm ein breites Lächeln, bevor sie zum Ufer hinabschritt und im klaren Wasser verschwand.

Jacob hielt den Atem an, als der See zu vibrieren begann. Das Wasser bewegte sich unruhig, begann sich vor Emilia zu einem Wall aufzutürmen und noch bevor Jacob schreien konnte, brach das Wasser über ihr zusammen.

Ein helles Licht erstrahlte an der Stelle, an der Emilia stand und durchflutete den ganzen Wald. Jacob musste die Augen schließen, da das Licht ihn sonst geblendet hätte.

»Emilia!«, schrie er, als das Licht abschwoll und das Schauspiel vorbei war. Die Stelle im Wasser war leer.

»Emilia!«

Wütend wandte er sich Kirabell zu. »Ihr wird nichts passieren, ach ja?!«

»Wird es auch nicht«, erwiderte die Fee gelassen. »Du wirst schon sehen ...«

Platschende Geräusche erweckten seine Aufmerksamkeit und er schaute zum See. Sein Blick weitete sich, als er Emilia sah. Sie trat ans Ufer, ging direkt auf ihn zu. Wenige Schritte vor ihm blieb sie stehen.

Ihre dunklen Haare strahlten, ihre dunkelgrünen Augen so klar wie nie zuvor und sie trug ein schlichtes weißes Kleid, das an ihr königlich wirkte. Alles an ihr strahlte. Jacob starrte sie einfach nur an.

»Du bist ...«,

»... unsere letzte Fee!« Mirabell schoss an Jacob vorbei und umarmte Emilias Hals, so gut es ging. Die kleine Fee lachte.

»Jetzt bist du eine von uns!«

»Danke«, erwiderte Emilia und schenkte ihr ein ehrliches Lächeln. Sie hob den Kopf und sah Jacob an, der seine Geliebte noch immer anblickte, als sähe er sie das erste Mal.

»Was ist?«, wollte sie wissen.

»Du ... du bist wunderschön«, murmelte er und ihm fielen die roséfarbenen Blüten auf, die in ihr Haar geflochten waren.

»Dankeschön.«

»Emilia«, begann Kirabell und die menschliche Fee sah sie an, »beginne, den Wald zu heilen. Bitte.«

Emilia nickte wissend und ging zu einem kleinen Baum, der ganz grau war. Sie berührte ihn mit ihrer rechten Hand und Licht löste sich daraus. Es krabbelte wie kleine Käfer über den Stamm, hinauf zu den Ästen und den Blättern, bis der Baum leuchtete. Emilia lächelte, als das Licht einmal stark aufstrahlte und dann verblasste.

Der Baum war gesund, die Blätter erstrahlten in saftigem Grün, die Rinde war dunkelbraun und schon bald landeten unzählige Vögel im Geäst.

»Und jetzt werde ich den ganzen Wald von seiner Krankheit befreien.«

Epilog

»Emilia ...«, die Stimme drang sanft an ihr Ohr und nur widerwillig wollte sie darauf hören. »Emilia.«

Sie grummelte etwas und drehte der Stimme den Rücken zu, doch dann ertönte es erneut: »Emilia!«

Sie schlug die Augen auf und funkelte Mirabell an. »Lass mich verdammt nochmal schlafen!«

Die Fee plusterte sich auf. »Na gut! Wenn du am Tag deiner Hochzeit verschlafen willst, bitteschön ...«

Kaum hatte sie das gesagt, sprang Emilia förmlich aus ihrem Bett und rannte in ihr Ankleidezimmer nebenan.

»Wieso sagst du das nicht gleich!«, schimpfte sie die Fee.

»Ich habe es dir doch gesagt, du hast mir nur nicht zugehört ...«, verteidigte sich Mirabell, doch Emilia achtet nicht weiter auf sie. »Hole Carla! Ich habe nicht mehr viel Zeit!«

Die Fee rollte mit den Augen und machte sich auf den Weg, die Zofe zu suchen. In der Zeit begann Emilia alles Mögliche zusammen zu suchen, was sie für den heutigen Tag brauchte. Eigentlich war das die Aufgabe ihrer Dienerin, doch da die Zeit eilte, wollte sie ihr so gut wie möglich zur Hand gehen. Immerhin war sie selber schuld, wenn sie zu spät zu ihrer eigenen Hochzeit kam.

Ja, heute war der Tag, an dem sie Jacob heiraten würde.

Ein Jahr nach dem Sturz ihres Vaters und der Erweckung ihrer Feenkräfte. Seitdem war viel passiert. Sie hatte den Wald geheilt und die Harmonie zwischen den Menschen und den Feen hergestellt. Alles hatte sich im letzten Jahr geändert, sie war erwachsener geworden – und heute würde sie Königin sein, wenn sie Jacob heiratete.

Ihr Herz machte Freudensprünge, wenn sie daran dachte. Endlich konnte sie offiziell mit ihm zusammen sein.

»Ich bin schon da!«, rief Carla laut und sie sah sehr gehetzt aus. »Es tut mir leid, ich hätte warte müssen, bis Ihr erwacht.«

Emilia winkte ab. »Keine Ursache. Und jetzt komm! Wir haben nicht mehr viel Zeit!«

»Bist du bereit?« Jacobs Stimme klang rau, als er Emilia anblickte. Sie war blass und nickte schwach.

»Ja«, erwiderte sie zaghaft und legte ihre Hand in die seine.

»Meine Königin«, witzelte er und entlockte ihr dabei ein Lächeln.

»Mein König«, erwiderte sie gespielt ernst, dann

gab Jacob ein Zeichen und die Tür zum Balkon, der hinaus zum Schlosshof zeigte, öffnete sich. Unten standen überall Menschen, die ihnen zujubelten.

Und mitten im Hof stand eine Statue, die Killian zeigte – mit hocherhobenem Schwert, das er in die Luft reckte.

»Er wird nie vergessen sein«, wisperte Jacob und Emilia nickte.

»Ja. Das wird er nie.«

Weiteres von Bettina Auer

Taschenbuch
240 Seiten, 12.90 €
ISBN: 978-3-95452-954-4

eBook, 3.99 €
ISBN: 978-3-95452-812-7

›Sieben Federn und einen Fluchstein benötigt Ihr, um wieder der zu sein, der Ihr vorher wart. Ansonsten müsst Ihr Euer Leben in den Federn des Rabenkleides verbringen.‹

Seit Jahrhunderten lastet ein Fluch auf der Familie Estáre, der jeden ersten männlichen Nachkommen in einen Raben verwandelt, sobald dieser sein 17. Lebensjahr vollendet.
Liyon, der auch unter diesem Fluch leidet, will sein restliches Leben auf keinen Fall als Rabe verbringen. Deshalb zieht er los, den Fluch zu brechen. Zusammen mit seiner Schwester Nyméria und ihrem Lehrling Tyron begibt er sich auf die Suche nach dem letzten Fluchstein. Den besitzt allerdings der dunkle Magier Ican, der bereits das Land der Elfen unterworfen hat und weitere dunkle Pläne verfolgt.
Die Gefährten stürzen sich in ein unerwartetes Abenteuer, ohne zu wissen, dass Ican ihnen bereits einen Schritt voraus ist. Denn er schickt seinen treusten Krieger Felerion…